중·고등학생이
직접 쓰고 뽑은 학생시 123

36.4℃

작은숲
청소년
0 0 1

중·고등학생이
직접 쓰고 뽑은 학생시 123
36.4°C

중·고등학생이 직접 쓰고 뽑은 학생시 123 **36.4°C**

제1판 제1쇄 발행 2012년 3월 30일
제1판 제7쇄 발행 2022년 1월 10일

엮은이 배창환, 조재도
펴낸이 강봉구

펴낸곳 작은숲출판사
등록번호 제406-2013-000081호
주소 10880 경기도 파주시 신촌로 21-30(신촌동)
서울사무소 04627 서울시 중구 퇴계로32길 34
전화 070-4067-8560
팩스 0505-499-8560
홈페이지 http://littlef2010.blog.me
이메일 littlef2010@daum.net

ⓒ 배창환, 조재도

ISBN 978-89-965430-8-4   43810
값은 뒤표지에 있습니다.

3부 우리 집, 가족, 생활

엄마 지갑

시간이 멈춰버린 학교

5부 우리 마을, 일하는 사람

새벽 시장

6부   세상 속으로

풍년 기근

7부 자연, 생태

소똥

학생 시선집을 펴내며

1

이 책은 지난 1980년대 중반부터 오늘날까지 약 30여 년 동안 교실에서 학생들이 직접 쓴 시를 학생과 선생님들이 손수 뽑아 엮은 학생 창작시집입니다.

청소년기는 한 사람이 일생 동안 지니게 될 감성과 지성이 형성된다는 점에서 중요한 시기입니다. 그리고 이 시기에 예술의 꽃이라 할 수 있는 시를 읽고 쓰는 일은 그 사람의 정신적 밑그림을 그리는 일이기에 또한 중요한 일입니다.

그러나 우리 현실은 그에 부응하지 못하고 있습니다. 입시 경쟁의 중압 때문에 교실에서 시를 읽고 쓰는 활동이 잘 이루어지지 않고 있으며, 청소년을 위한 시 모음집들이 더러 나오고는 있지만, 청소년들의 삶을 오롯이 담은 시집을 찾아보기 어려운 실정입니다.

또한 각종 청소년 백일장이나 문예 공모 같은 '교실 밖' 문학 활동의 장(場)이 있기는 하지만 청소년들의 삶과는 동떨어진 관념적 말장난이나 화술만 능란한 시들이 범람하여,

오히려 시를 사랑하는 많은 청소년들의 시심(詩心)을 혼란스럽게 하고 있습니다.

청소년들에게 필요한 시는 삶을 가꾸는 시, 자신의 존재와 가치를 높여주는 시, 자신을 발견하고 표현하는 시입니다. 청소년들이 자신의 진실을 시로 쓰기 위해서는 시인들이 쓴 좋은 시를 읽는 것도 중요하지만, 자기 또래의 청소년들이 쓴 좋은 시를 읽는 일 또한 중요합니다. 시를 이해하고 받아들이며 감동으로 가는 길목에서 일차적으로 필요한 것이 공감인데, 자신과 동시대를 호흡하는 친구들의 눈에 비친 세상과, 기쁨이나 아픔, 고뇌가 잘 표현되어 있는 시를 만나고, 진실이 살아 숨 쉬는 시를 만날 때, 공감으로 이어질 가능성은 커지는 것입니다.

2

우리는 오래도록 시를 쓰고 가르치면서 청소년들이 시를 읽는 즐거움이나 지혜를 서로 나눌 학생 창작시집의 필요성을 절실히 느껴왔습니다. 그래서 우리가 주목한 시는 무엇보다 학생들에게 감동을 주는 시였습니다. 단순한 생각을 행과 연으로 나누어 나열한 시가 아니라, 소박하고 진솔하면서도 절제된 언어로 시적 긴장감을 유지하며 일정하게 형상화에 성공한 시, 자신의 삶에서 길어 온 진실의 향기를 품고 있는 '맛있는' 시, 관찰과 인식의 참신성이나 깊이를 보여 주는 시, 청소년들만이 가질 수 있는 섬세한 감각과 마음의 울림을 담고 있는 시가 지금 우리 청소년들에게 절실히 필요한 시일 것입니다.

좋은 시는 설명이 필요 없으며, 그 자체로 충분히 '말하고 보여 주는' 시입니다. 그러므로 시를 읽는다는 것은 곧 쓴 이와 읽는 이가 만나 교감(交感)하는 것이며, 마치 흐린 물이 맑은 물로 치환 되듯이 지적 정서적인 충돌과 화해를 통해 무엇인가 가치 있는 것이 마음에 고이면서, 낡은 것들이 빠져나가는 기쁨을 얻게 되는 창조적인 활동이라 할 것입니다. 그리고 그런 활동이 궁극적으로는 자신과 만나는 자기발견과 자기표현의 과정이나 기회가 될 수 있기에 더욱 소중한 것입니다.

3

우리는 이 시집의 시들을 주제별로 묶었습니다. 그렇게 한 이유는 읽는 이들이 일정하게 생각의 갈래를 잡아가면서 시 읽기 공부를 할 수 있도록 하기 위함입니다.

제1부 36.4℃ (우리들 마음) 글쓴이들의 깨끗하고 순박한 시심(詩心)을 그린 시

제2부 남과 같이 따라한다!? NO!(나의 발견) 자신에 대한 새로운 발견을 담고 있는 시

제3부 엄마 지갑(우리 집, 가족, 생활) 가족에 대한 애틋한 사랑을 담은 시

제4부 시간이 멈춰버린 학교(우리들의 학교생활) 학교를 중심으로 이루어지는 학생들의 생활에서 얻은 생각과 느낌을 담은 시

제5부 새벽 시장(우리 마을, 일하는 사람들) 크고 작은 마을 공동체(도시와 농어촌)에서 자신과 이웃을 발견하는 학생들의 시

제6부 풍년 기근(세상 속으로) 다문화 가족과 분단, 역사와 현실 의식을 담은 시

제7부 소똥(자연, 생태) 사람과 자연이 함께 살아가야 한다는 생태적 상상력을 바탕으로 쓴 시

4

우리는 이 시집을 읽는 청소년들이 그들의 눈에 비친 그들만의 세상과 내면 풍경을 읽는 기쁨에 젖게 될 것이며, 교실 안팎의 크고 작은 모둠이나 동아리에서, 각 부마다 좋은 시를 골라보며 자신이 고른 좋은 시에 대해 서로 재미있게 토의할 수 있을 것이라 생각합니다.

나아가 누구나 자신의 마음 안에서 샘솟는 느낌과 이야기를 바탕으로, 시는 결코 어려운 것이 아니라 이런 시는 나도 쓸 수 있겠다, 라는 자신감을 가질 수 있을 거라고 확신합니다.

이 시집에는 중 1학년부터 고 3학년에 이르기까지, 대도시와 중소도시, 그리고 농어촌의 남녀 학생 필자 109명의 시 123편이 사이좋게 실려 있습니다. 그리고 최소한 15개 이상의 학교에서 15명 이상의 선생님과 400명 이상의 학생들이 시를 뽑는 일에 참여했습니다. 그러므로 이 시집은 학교에서 학생들이 직접 쓰고 선생님과 학생들이 함께 뽑아서 만든 특별한 시집이며, 여기 묶인 시들은 대부분 독자들의 호된 검증을 거친 좋은 시들이라 할 수 있습니다.

이 시집에는 학생들의 1차적인 관심이 자신과 학교, 가족, 그리고 이웃과, 그들이 만나는 자연이 주가 되어 있고, 사회와 역사 속으로 눈을 돌려서 그 속에서 자신을 발견하는 시가 비교적 적습니다. 이는 강도 높은 입시경쟁 체제 속에서 오늘날 청소년들의 체험의 한계를 반영하고 있다 할 것입니다. 그럼에도 또한 청소년들이 사회 현실과 역사를 주시하고 있다는 것을 5, 6부에서 확인할 수 있습니다.

우리는 이 시집에서 학생 필자들의 학교는 밝히지 않았고, 학년과 이름만 밝혔습니다. 왜냐하면 여기 수록된 시들이 생산된 학교를 뛰어넘어 이 시대 이 나라 아이들이라면 누구나 겪을 수 있는 보편적인 진실을 노래하고 있다고 생각했기 때문입니다. 말하자면 학생 개인 창작자들을 통해서 이 시대 청소년들의 삶의 고뇌와 진실이 고스란히 드러나고 있으며, 그런 의미에서 여기 수록된 시 창작자인 학생 필자 한 사람 한 사람은 이 시대를 살아가는 전체 청소년 학생들의 '대표적 개인'이라 할 수 있으며, 그들의 시는 이 시대 청소년 학생들의 마음을 비추는 맑은 거울이라 할 수 있을 것입니다.

5

어려운 환경 속에서 각고의 노력으로 시 쓰기 교육을 해 오신 많은 선생님들과 좋은 시를 쓴 학생들의 보이지 않는 땀이 이 시집에 숨어 있습니다. 작품을 보내 주신 선생님과 학생 필자들, 삽화와 표지 그림을 그려 주신 여러 학생들, 좋은 시를 선정하는 일에 함께 해 주신 선생님과 학생들에게 깊이 감사드립니다. 그리고 이 시집의 탄생을 위해 기꺼이 재수록을 하도록 해 주신 여러 선생님과 필자 여러분, 그리고 보리출판사를 비롯한 여러 출판사에 감사의 말씀을 드립니다. 아울러 필자와 연락이 닿지 않아 수록 사실을 모르는 경우, 이후 연락이 닿으면 사례하겠습니다.

내일의 주인인 이 땅의 청소년 학생들을 위해 이 작고 예쁜 시집을 꾸며 주신 작은숲 출판사에도 마음 깊이 감사를 드립니다.

2012년 1월

배창환 · 조재도

36.4℃

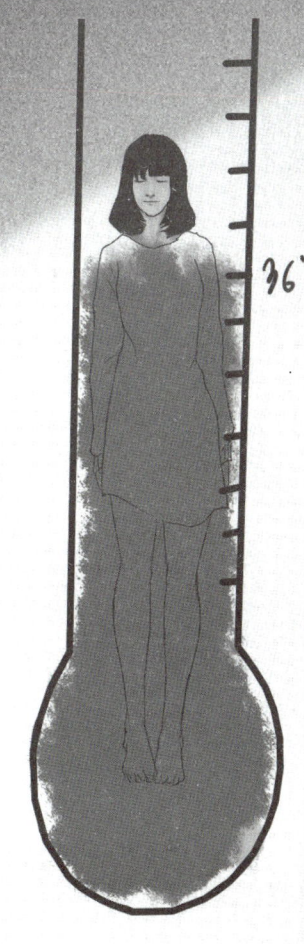

달빛

허성욱 중1

밤하늘을
바라보는 동생

돌아가신
엄마 생각한다

달빛을 바라보는 척
나도 엄마를 생각한다

나비 같은 벚꽃

김우형 고1

가지를 앞으로 쭉 뻗은 벚꽃나무는
당감동 우리 동네를 가리키고 서 있다.
바람이 불면
잡고 있다가 놓아준 나비처럼
꽃잎이 우리 동네로 날아간다.

그릇

이가형 고1

너, 하얀 밥그릇은
2005년 7월 31일
설레는 나의 열한 번째 생일 날
나를 만났다

때로는 따뜻한 밥을
때로는 찬 밥을
또 멀건 죽도 몇 번 담아보고
나중엔
이가 몇 개 빠지고
깨질 위기를 수차례 견뎌내고
그래도
세월의 자국으로 금이 가고
그리고 지금은
화분으로 쓰이는 그릇

그릇에 심어놓은
싱싱한 완두콩 줄기에
하얀 꽃봉오리
수줍은 듯 조심스레
맺힌 날

나는 문득
이 넓은 하늘 아래
밥그릇으로 살고 싶어졌다.

겨울비

이유정 고2

어느 겨울날
혼자 거리를 걷다가
문득 비를 맞게 된다면

엄마, 아빠가 모임 가고
언니마저 없는 날
혼자 라디오를 듣다가
문득 슬픈 노래를 만나게 된다면

만원 버스에서
집 가까운 친구를 먼저 보내고
조금 전엔 몰랐던
침묵을 삼키며
연락 없는 휴대폰만 멍하니
바라보게 된다면

혼자가 아니면 느낄 수 없는
그 외롭지만 벅찬 시간에
한 움큼의 생각을 쥐게 될지도 몰라
더도 덜도 말고 딱 한 움큼만

어느 추운 겨울 날
혼자 거리를 걷다가
그 여름날 누군가와 함께 맞던
소나기를 기억하듯이

빛

김영주 중1

어릴 적 우리 집은
반지하 단칸방

어렴풋이 기억나는
작은 방에서
아빠, 엄마, 나……
이렇게 세 사람이
시작했다.

부엌 사이로 들어오는
한줄기 빛으로도
충분히 행복했던 날들,

욕심도 없고
앞으로의 희망만이
우리 가족에게

웃음을 주던,
그때가 그리워진다.

지금은
베란다로 들어오는
환한 빛으로
시작하는 나의 하루

그러나……
왠지 모르게
부엌 사이로 들어오던
빛이 희망이 되던
그때가 그립다.

아름다운 사람

임현지 중1

우리 한국의 대표이신
김대중 대통령은요!
참 아름다운 분이세요.

칠천만 우리 겨레의
소원인 통일을
한걸음 한걸음
다가서게 해 주셨거든요!

우리 어머니도요
아름다운 분이세요

세상의 꿈나무들을
열심히 가르치시거든요!

말 못하는 벙어리도

다리가 없는 사람들도
모두 아름다운 분들이예요.

흐르는 강물처럼
넓디넓은 하늘처럼
꿋꿋하게 이겨내시잖아요.

아름다운 사람들은
하늘의 별이예요.

저도 저렇게
세상을 비추는
거울이 되고 싶어요.

허전한 가슴

도유희 중2

어버이날 아침
시험 기간이라
엄마에게까지
화를 내고

학교 가는 길
발걸음이 무겁다

지금쯤
저마다 붉은 빛을
뽐내고 있을 당당한
가슴 속에서
혼자 허전해 하고 있을
붉은 카네이션

내 책상 속에
고이고이 잠들어 있을
붉은 카네이션

오늘 시험 100점 맞아도
효도 점수는 0점이다.

매듭 공예

석수정 중1

손가락 사이를
마음껏 활보하는
두 개의 줄

왜 이렇게 돌아다니냐고
엄마께 야단맞을 것 같은데,

힐끗, 한 번 멈추고는
다시 활보하는
두 개의 줄

어머나,
어느새 만들어진
나비매듭.

이사

유근지 고2

새 물건 헌 물건 쌓아 놓아도
표시도 없던 크고 넓은 집에서

정리 안 하면 돼지우리
작고 아담한 집으로
이사를 했다.

차마 발 디딜 틈 없던 소파는
트럭과 함께 시골로 갔다.

식탁은 고개만 내밀고는
소파 따라 갔다.

엄마 없는 집과 동생을 지키느라
뜬눈, 불안한 마음
밤을 새던 어제

오늘은 옆집
인상 좋은 할머니 할아버지 계시네

평수는 작아도
내 마음에 딱 드는 우리 집.

외갓집 감나무

엄동현 고2

외갓집 마당에 있는 감나무 두 그루
커다란 감나무 두 그루는
제 주인인 외할아버지가
돌아가신 줄 아는지
감도 열리지 않고
가 볼 때마다 앙상해져 간다.
예전의 모습을 볼 수 없다.
할아버지를 볼 수 없듯이.

그루터기

최소혜 고2

그루터기가
남아 있는 나무는
죽은 것이 아니다

아무리
베임을 당해도
다시
꽃피우는

그루터기가
남아 있는 나무는
죽은 것이 아니다

누군가 죽은
그 자리에
다시

푸르게 자랄 희망으로

나도
누군가의
그루터기이고 싶다.

꽃, 너 하나의 본연

최효진 고2

− 고이 간직해 논 비단을 펼친 것처럼……
− 아침 햇살에 눈 뜨는 기분을 느끼게 해 주는……

너를 표현하려는 이러한 말들은
필요치 않다

− 꽃

그 이름 하나만으로도
무언가에 비유할 수 없을 정도로

너는 너무나 아름답고
여리고 귀한 존재인지라

초파일

유혜윤 고2

보슬보슬 땅을 적시는 봄비에
아른거리는 등불이
푸른 숨결 내뿜는 나무들
깜빡깜빡 비추는 밤

부드러운 안개에 싸여
젖은 눈썹이 고개를 숙이고
모든 것을 내려놓으며 나는
겸허한 발걸음이 된다

단장한 절로 올라가는 계단
은은한 연꽃등 줄지은 이 길은
부처님 내려오시는 하늘 다린가

탑을 도는 사람들의
달싹이는 입술은

하늘 다리의 등불에 비치어
가장 아름다운 연꽃이 된다

맑게 울리는 목탁소리
봄비 되어 떨어지고
끝없는 연꽃등이
세상을 따뜻하게 비추는 밤

좌석 버스와 친구

손유현 고2

학원 마치면 열한 시
늦어서 버스도 잘 없다.
그래서 좌석 버스 타는 날이 많다.

친구랑 버스 정류장에서 장난치다가
일반 버스 막차를 놓쳤다.
주머니에 돈은 하나도 없었다.
친구가 천 원 주면서
"좌석 타고 집에 가라."

무사히 집에 와서 친구 집에 전화하니깐
친구 엄마 하시는 말씀
"걸어온다고 전화 왔더라."
친구를 생각하니 마음이 아팠다.

별이 빛나는 밤에

별자리 관측하던 날

김선미 고2

밤에 더욱 빛을 발하는 네온사인 때문에
사라진 별을 보려고 산으로 간다

봄이 아직 이곳까지 오지 않았구나
서늘한 밤공기 너머로 올려다 본 하늘
누가 검은 하늘에 구멍 뚫어 놓았는지
그 구멍 사이로 빛이 새어 온다

차가운 바람은 아직 겨울이지만
밤하늘은 봄철 별자리로 채워졌다

봄을 가장 먼저 가져오는 밤하늘
일상으로 돌아가면 보지 못할 밤하늘의 별을
별이 빛나는 밤에 맘껏 본다

36.4℃

전은영 고2

우리는 36.4℃
옆집 아주머니도, 앞집 순희도
우리는 모두 36.4℃

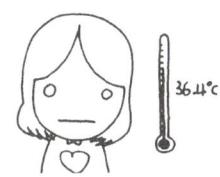

버스 안의 수많은 사람들
아파트 단지의 수많은 사람들도
남들이 0.1℃를 잊어버린 것에
자신 또한 잊어버렸다는 것에
무관심하다.

어느 순간 0.1이라는 작은 숫자에
소름끼치는, 차가운
한 덩어리의 얼음이 된다.

꽁꽁 언 얼음 덩어리는
아무리 뜨거워도 녹지 않는다.

얼음 역시 36.4℃

우리는 0.1℃를 잊고 산다.

기차

이해진 고1

굳은 피딱지처럼
반들거리며 녹슨 냄새 풍기네

외로운
수많은 별빛 사이

숨 쉬며 지나가네

나의 발견

남과 같이 따라한다!? NO!

2부

남과 같이 따라한다!? NO!

송인영 중1

남들이 시원한 수박을 먹을 때
나는 따뜻한 차를 마시고……

남들이 시원한 냉면을 먹을 때
따뜻한 삼계탕을 먹습니다.

남들이 해수욕과 수영을 즐길 때
온천욕과 반신욕을 즐기고

남들이 비데를 쓸 때
좌변기를 쓰고……

남들이 슬리퍼를 신을 때
운동화를 신습니다.

남들이 만화책을 읽을 때

어린이 동화책을 읽습니다.

남과 같이 따라한다!? NO!
남이 할 때 난 내 개성대로 GO!

내 나이 마흔이 되면

박지영 고2

내 나이 마흔에 난 말이지
누군가 내게 손을 내밀었을 때
그 손을 꼭 잡아줄 수 있는
따뜻한 사람이 될 거란다.

새파란 떡잎, 새들의 작은 지저귐에도
즐거워하고
멋지게 펼쳐진 가을하늘에도
기뻐하는
그런 소박한 사람이 될 거란다.

삶이 고단하게 느껴지는 사람에겐
커다란 미루나무 그늘처럼
쉬어갈 수 있는 사람이 되어줄 거고
무더운 여름날 '사각' 한입 베어 무는
아이스크림 같은 사람이 될 거란다.

내 나이 마흔에 난

우는 아이들, 싸우는 사람들도

날 보면 빙그레 - 엷은 미소가 퍼지는

한 조각 미소 같은 사람이 될 거란다.

낡은 일기장

최은영 고2

책상 앞에서 연필만 굴리고 있다가
문득 내 기억이 닿은 곳은
서랍 세 번째 칸 깊숙이 자리한 어릴 적 일기장.

꼬장꼬장 손때가 묻어버린
나의 일기 속엔
지렁이 같은 글씨들과 유치한 일상 이야기들.

– 오늘은 준혁이와 싸우다가 엄마한테 혼이 났다.
– 아침에 눈을 떠 보니 머리 위에 선물이 있었다.
– 바다에 가서 조개를 주웠다.

온통 진부한 표현들인데도
베스트셀러에 있는 그 어떤 화려한 표현보다
나를 찡하게 하는

이제는 빛조차 바래 버린
돌아갈 수 없는 그 때의
낡은 일기장.

자전거

변정현 고2

아버지 출근하신 후엔 어김없이 세발자전거를 이끌고
한적한 골목길 따라 조그마한 동네를 돈다.
네 살짜리 아이들에게 커피 심부름 시키시던
약재 창고 창식이네 아주머니,
까만 머릿결을 휘날리며 뛰쳐나오는 효원이,
이젠 하얀 머릿속에서만 사는 사람들.

아파트로 이사 온 후 바뀌어버린 두발자전거 이끌고
동네 남자아이와 서로 태워주고, 밀어주고, 경주하고,
두발자전거 옆에 붙은 보조바퀴를 떼면서부터 멀어져 간
아이들,
엘리베이터에서 마주쳐도 멀뚱하게 바라보는 우리 사이.

그래도 층 번호 누를 땐 내 꺼, 니 꺼 말없이 꾹꾹 눌러
준다.

그 일기장

옛 친구에게

그 일기장엔
어색했던 1학년 1반이 있었다.
낡아빠진 책상 두 개도 있었다.
붉은 얼굴로 마주하던
나도 있었고 어린 너도 있었다.

그 일기장엔
빛바랜 플라타너스가 있었다.
함성 소리에 휘둘리던 청백기도 있었다.
노란 단풍 가득한 운동장엔
나도 있었고 어린 너도 있었다.

그 일기장엔
코가 비뚤어진 눈사람이 있었다.
철없이 뛰어노는 뽀드득 소리도 있었다.
내리는 눈보다 더 맑았던

남과 같이 따라한다!? NO! **55**

나도 있었고 어린 너도 있었다.

그 일기장엔
투명한 눈물방울이 있었다.
두 손에 꼭 쥐어주던 편지 한 장도 있었다.
마주 잡은 두 손 놓을 줄 모르던
나도 있었고 어린 너도 있었다.

그 일기장엔
오랫동안 잊고 있던
오래된 황토빛 초등학교와
한적한 시골 작은 마을과
빼곡한 어린 날의 추억이 있었다.

그리고
그 일기장엔

어린 내 옆을 지켜준
어린 네가 있었다.

생각하는 나무

내 마음 속에는 생각하는 나무
한 그루가 살고 있습니다.

그 나무는 내 가슴 속에서
그리움도 기쁨도 슬픔도 생각하고

나무가 나보다 더 커서
더 먼 곳까지 바라보고 있습니다.

나보다 더 자라나고 있는
내 안의 생각하는 나무 한 그루

그 나무를 따라
내 마음도 자라나고 있습니다.

내 책상 위의 곰 인형

이소혜 중2

내 의자에 앉을 때면 항상 보여.
문제집을 꺼내려 할 때면 항상 보여.
컴퓨터 할 때도 항상 보여.
그런데 도대체 왜 이러는지 알 수가 없어.
내 곰 인형이 웃질 않아.

두 눈은 찡그러져 있고 입은 삐뚤
아무리 털을 정리해줘도
깨끗이 씻어줘도 웃지 않아.
웃으면 이쁜데 웃지 않으니까 미워.
어떻게 해야 웃을지 알 수가 없어.

내 책상 위의 곰 인형이 웃질 않아.

선인장

이소린 중1

난 선인장이다.
넓은 사막에 우뚝 서 있는
선인장이다.

난 새처럼
날 수 있다는 꿈을 가진
선인장이다.

난 외롭지만
전혀 외롭지 않은
선인장이다.

혼자 우뚝 서 있지만
절대 혼자가 아닌
나는, 선인장이다.

거울 속 아이

이소린 중1

내 앞의 아이
처량해 보이고
아파 보이고
안쓰러워 보이고

넌 누구니?
하고 물으면
아무 대답 없는
불쌍한 아이

너무 안쓰러워서
눈물 흘리면
따라서 눈물 흘리는
거울 속 아이.

인간이라는 로봇

김희주 고1

난 정말 인간인 것일까.
그저 잘 만들어진 로봇이 아닐까.

동백꽃처럼 붉은 피를 가졌고
보들보들한 피부도 가졌지만,
구린 배를 가졌고
눈물 흘려보내는 아픔도 가졌지만
왜 감정은 없을까
남의 머릿속 파헤치는 뇌는
콩닥 뛰는 심장이 될 수 없다.

타인의 꽃무늬 쫄래쫄래 따라다니는,
남이 만든 길에 발 올려놓는 나는
오직 이익이라는 표지판을 향해
얼음심장 동여매고 나아갈 뿐이다.

붉은 피는 가졌거늘
어찌 붉은 마음은 갖지 못한 것일까!

나는 어쩌면 인간의 흉내를 내는
로봇일지도 모른다.
인간이 되는 법을 배웠지만,
인간이 되고 싶었지만
결국 가장 중요한 것을
깨닫지 못한 그런 가련한 로봇 -
어리석은 로봇 -

흔적

손지운 고2

……생각 나,
아닌 줄 알면서도

챗바퀴처럼
끊임없이 떠오르는 것은

내 마음이 이미
너로 물들어버린 흔적이 아닐까

놀이터

정연주 고1

엄마 손 잡으려면
까치발을 들어야 했을 땐
집으로 돌아가기 싫었던
놀이터

엄마 손보다도
내 손이 더 커졌을 땐
집으로 들어가기 싫으면
놀이터

해가 지고
함께 놀던 친구들은
다들
집으로 돌아간 지
오래

난 아직 놀이터

우리 학교 목련

박지은 고2

추운 겨울날, 이 학교를
처음 들어서던 내 모습과 같이
그도 그렇게 이곳에 들어서서
가장 아름다운 꽃이 되고 싶었을 거야.

하지만 금세 알았을 테지
우리에게 주어진 햇살이란 따스함보다
수많던 꿈 잎사귀를 떨어뜨릴
매서운 바람이 더 많다는 걸.

피어날 꽃잎들이 아롱아롱 눈앞에 맺히는데
하늘을 가득 메운 굵은 눈송이 때문에
한 치 앞도 보이지 않는 어두컴컴한 그곳에서
그는 몇 날 며칠 밤을 울었을 거야.

아무도 알아주지 않는

그저 낡은 졸업 앨범 속 한 명의 학생처럼
자신이 그저 몇 송이 꽃을 피울 줄 아는
한낱 목련 나무일 뿐이라고 생각했을 테니 말야.

모두들 자신을 깨울 봄을 기다리며
잠든 그 시각에
그는 스스로 다짐했을 거야.
홀로 피어보자고
그리고 내가 먼저 봄을 깨워 보자고.

어느 따사로운 햇살 가득한 날
아무도 기억해 주지 못하는 꽃으로 남는다 해도
세찬 겨울바람에 부딪히며
피어오르려 준비해 왔던 그 한 송이
향기의 가치를 깨달았을 테니 말이야.

짝 없는 새와 나

신광호 중3

비 오는 오후 해질 무렵에
이름 모를 새가 전선에 앉아 있었다.
내가 움직여도 날아가지 않았다.
날개는 비에 젖어 떨고 있었고
우는 소리는 어딘지 모르게
처량하게 들린다.

새 옆에 아무도 없었다.
옆에서 같이 울어 줄 친구 새도
세상 어디라도 따라다녀야 할
짝도……

온종일 오는 비라
그렇게 온종일 동네를 떠들썩하게 하던 꼬마들도 없었다.
다만, 들릴 듯 말 듯한 빗소리와
처량한 새소리만 들린다.

새는 무엇이 그리운지 하늘을 쳐다보더니
푸드덕 날갯짓하며
그냥 날아가 버렸다.

나는 그 새를 동정했다.
짝도 친구도 없기에,
그러나, 그 새도 나를 보고
동정했을 것이다.
빈 집에 덩그러니 혼자 앉아 있는 나를……
오늘따라 작던 우리 집이 크게 느껴진다.

거울

이신옥 고1

토요일 오후,
나는
거울 속의 나를 다듬어 봐요.
교복을 단정히 하고
머리도 예쁘게 다시 빗지요.

1등급을 위해 달려야 하는
세상에 지치고
매일 밤 10시까지 강행되는
야자에 지치고
친구와의 사소한 트러블에
잘 때 몰래 눈물짓던
내 얼굴은 싹 지워버려요.

'집에서 떨어져 나와 살아도
저 잘 지내고 있어요.

정말이예요.'

절 데리러 나오신 아빠는
그저 웃고 계세요.

일주일 전보다
흰 머리가
더 많아지신 것 같은데.....

아빠는 거울도 안 보시나 봐요.

엄마의 핸드폰

최지현 고2

초슬림 슬라이드, 세련된 디자인. 비교를 거부한다!
광고 속 문구대로 멋지기만 하던 핸드폰은
내 손에 들어온 후 반년 만에
싫증나고 지겨운 애물단지가 되었다

친구가 최신형 핸드폰을 사 오던 날
집으로 돌아가는 길 내내 준비한 대사
'엄마, 핸드폰 바꿔 줘. 더 좋은 걸로!'

적진으로 향하는 전사처럼
비장한 각오로 집에 들어서는데
엄마가 없다
급한 마음에 건 전화에
방 한 구석에서 홀로 울리는 벨소리

다가가 집어든 엄마의 핸드폰

그리고 그만 멈칫하며 굳어 버렸다
두껍고 여기저기 상처투성이인 그것은
4년 전의 것이었다

엄마의 손처럼 투박하고 못생긴 핸드폰
전화만 되면 됐지, 하던 무심한 말처럼
착실히 전화 기능만 수행하는 구식 핸드폰

내 다른 손에서
찬란히 빛나고 있는 나의 핸드폰이 부끄러워
주머니 속으로 깊게깊게 숨겨버렸다

핸드폰 사 달라고 조르려던
철없고 사치스러운 나의 못난 생각도 함께

이것 하나만으로도

황용수 고2

저에게는 사랑하는 가족이 있습니다.
녹슬었지만 자전거 한 대도 있습니다.
좋아한다고 고백하고픈 누나도 있습니다.
이것 하나만으로도
충분히 살만하다는 걸
이 가을에 저는 분명히 배워 알고 있습니다.

제 가족은 저를 사랑합니다.
학교 가면 친구들도 반겨줍니다.
코스모스 길 옆으로 단풍이 물듭니다.
이것 하나만으로도
세상은 아름다운 시절이 있다는 걸
이 가을에 저는 눈으로 확인합니다.

우리 집, 가족, 생활

3부

엄마 지갑

엄마 지갑

최재훈 고1

누나는 맨날 엄마에게
옷을 사 달라고 조른다.
엄마는 대꾸도 안 하고
그냥 방으로 들어간다.
누나는 화를 내며
자기 방문을 '꽝' 닫고 들어간다.
살짝 열린 방문 틈으로
엄마를 보았다.
엄마는 지갑을 꺼내 보며
돈이 얼마나 남았나,
한숨을 쉰다.

오래된 앨범

박선미 고2

어느 날
오래 된 앨범에서
그녀의 과거를 발견했습니다.

사진 속 그녀는
누가 봐도 곱디고운
미인인데

내가 아는 그녀는
투박한 사투리에
늘어진 뱃살을 고민하는
잔소리 대왕입니다.

빛이 났던 그녀는
한 사람의 아내가 되고
두 아이의 엄마가 되면서

깊은 주름살 사이에 청춘을 묻고
빛바랜 흰머리만 남았습니다.

콩

토요일 오후,
학교 갔다 와서
밥 숟가락 놓자마자 엄마 말씀.
"콩 베러 가자."

털! 털! 털!
엄마 오토바이 뒤에 타고
콩밭에 갔다.
아이고! 고놈들 많기도 하네.

가위로 싹뚝싹뚝
콩 베다보니
어느새 해는 서쪽 하늘에
붉은 물감을 칠하고 숨어 버렸다.

일요일 오후,

탑리 갔다 와서

젓가락 놓자마자 엄마 말씀.

"콩 묶으러 가자."

고놈의 콩 때문에

아, 나의 황금 같은 주말을 망쳐버리고,

씩! 씩! 씩! 콧김 내뿜으며

집으로 돌아왔는데,

내 뒤통수를 때리는 엄마의 한마디.

"다음 주엔 콩 타작하러 가자."

나를 위해

이소현 고1

어둠을 찌르는 따가운 시계소리를 당연히 여기시기 때문입니다

짓누르는 피로를 밀어내고 몸을 일으키시기 때문입니다

숨소리를 죽인 채 방문을 열고 나오시기 때문입니다

냉장고를 열고 가스레인지에 불을 붙이시기 때문입니다

참으로 조심스럽게 딸애의 방문 손잡이를 돌리시기 때문입니다

나지막하고 부드러운 목소리로 딸애의 이름을 불러주시기 때문입니다

눈을 비비며 짜증내는 딸애의 등을 토닥거려 주시기 때문입니다

김이 피어오르는 밥을 정성스레 담아 주시기 때문입니다

딸애의 숟가락질을 보고 미소 지으시기 때문입니다

흐트러진 옷깃을 매만져 주시기 때문입니다

차갑게 나가버리는 딸애에게 밝은 목소리로 잘 다녀오라 하시기 때문입니다

급히 뛰어가는 뒷모습을 창문 너머로 안쓰럽게 바라보시기 때문입니다

그 모습이 보이지 않아도 발을 떼지 못하시기 때문입니다

하루 종일 걱정하고 계시기 때문입니다

하루 종일 기다리시기 때문입니다

하루 종일 생각하시기 때문입니다

하루 종일 주기만 하시기 때문입니다

생각하면 눈시울이

비가 추적추적 내리기 시작하면
슬레이트 지붕 끝에서 뚝뚝 떨어지는
빗물, 그 빗물 받아 빨랫물로 쓰려던
할매 생각이 나는 것

– 할매, 그거 석횟물이라서 쓰면 안돼요
몸서리를 치니까 결국엔
받아놓은 빗물 감나무 밑에 뿌리던
할매 생각이 나는 것

감나무, 하니까 감 따던 그 생각도 나는 것
할배가 주워온
교회 뒷산의 버려진 대나무 한 그루,
그 노랗게 뜬 대나무 끝에 철사로
양파 주머니를 동여매서 감 따라고 주던
할매 생각이 나는 것

아직도 우리 집 어딘가 담벼락엔가 서 있을
대나무 감채가 생각나는 것

아직도 비가 오면 빗물 뚝뚝 떨어지던
빨간 다라이 생각이 나는 것

---

* 다라이 : 대야

경상도 사람이라서

이다은 고2

언니에게서
전화가 왔다

– 잘 지내나

말 한마디에
반갑다 서글프다 눈물 난다 보고 싶다

한마디로 답했다

– 잘 지내여

괜찮게
썩
잘 지내고 있어

가끔,

언니가 보고 싶은 날을 빼고는……

할아버지와 할머니

강예리 고2

초등학교 어릴 적, 수업 중
부리나케 달려간 병원
그곳 침대 위에
할아버지가 누워 계셨다.

그 후론
걷는 것도
일어서는 것도
혼자선, 할 수 없게 되신 할아버지

그런 할아버지를 간병하시느라
옆집 할머니 집 마실 한번 가지 않으신 할머니
8년이란 긴 세월
불평 한번 없이
매일매일
틀니 닦아주고

대소변 가려주시는
할머니

그런 할머니에게
할아버지는
"할매, 내가 다 나으면
호강 시켜줄게"
하시면

그럼 할머니는
"밥이나 먹어"
하신다.

어린아이

김효욱 고2

칠순 날 곱디곱던 할머니가
아빠만 찾는
어린아이가 되었다.

아빠가 아니면
입을 꽉 다문 채
먹던 밥조차 뱉어내는
어린아이가 되었다.

아빠가 가지 못하게
손을 꼭 잡고서
깨지 않는 잠을 이룬
어린아이가 되었다.

생일을 손꼽아 기다리던
어린아이의

생일상 촛불에서

향냄새가 난다.

아버지의 투망

김지애 고2

방충망 그물을 빠져나가
하늘에서 헤엄치는 별이
수면 위에 빽빽이 차오를 때쯤

손 뻗어 별 잡으려는 어린 내게
대문 옆 잘 말려놓은 투망*을 매신 아버지
"야들아, 감천 냇가 가자"

까만 물에 노란 투망이 달처럼 펼쳐지면
그 달 속에 가득 찬 별빛의 피라미들
빨간 양동이 가득 팔딱거렸다.

이제는 내가 별을 잡으려고 손을 뻗지도 않고
아버지께서 노란 투망을 매지도 않으신다.

---

* 투망 : 물에 던지면 좍 펴지면서 가라앉아 물고기를 잡는 그물의 하나.

너무 커 버린 나 때문에
한층 더 구부정해진 아버지의 어깨 때문에
우리의 추억, 달빛 투망은
베란다 구석에서 빛을 잃어가고 있다.

자전거

박지은 고2

빵빵대는 큰 크락션 소리 대신
끼익끼익 웃기는 고무 소리가
우리 동네에 울려 퍼지면

에어컨 바람 대신
아빠의 땀내 배긴 산들바람이
하얗게 세어 버린 세월을 날아올린다.

그 세월 어린 흰 머리를 보는 자리는
늘 어린 나와, 지금의 내가
지키고 있을 자전거 뒷자리.

그 뒷자리에는
얻어 오신 책과
다 식은 붕어빵만이 아닌

아빠의 희망과
보람과 삶과
사랑을 실어놓은 채

아빠의 두 발에만 의지하며
세상을 힘차게 굴러 온
자전거가 있다.

이제는 나도
자전거 뒤 하나의 짐이 아닌
함께 굴려갈 하나의 다리가 되고 싶다.

아버지

유세호 중3

아버지, 하고
불러보고 싶지만
이제 다신 올 수 없는 곳으로 출장을 가셨죠

아버지 출장 가실 때
그리도 울었건만
아버지는
냉정하게 떠나셨어요

다른 분들은
따뜻한 말 한 마디 해 주셨건만
평소에 정 많은 우리 아버지
말 한 마디 없으셨죠

지금이라도
단 한 번만 볼 수 있다면

넓고 포근한 그 품에 안겨 묻고 싶어요
그때 왜 그리 냉정했는지
가기 전 하고 싶은 말은 없으셨는지

다시 한 번 볼 수 있다면
아주 길고 긴
이야기 나누고 싶어요
다시 한 번 볼 수만 있다면……

파 뽑기

이희승 ^{중2}

오늘은 가사리 밭 파 뽑는 날
용돈 주시며 웃는 어머니께
홀딱 넘어가
이번 일요일도 파밭에서 다 갔네
파밭은 왜 이리 넓은 거야
파는 왜 이리 비뚤비뚤 난 거야
자꾸 여기저기 부러지는 파
그러다간 파 다 부러뜨리겠다
어머니는 화 내시더니
밭 끄트머리에서
다시 웃으시며 내 몸을
수건으로 탁탁 털어주신다
어머니 몸에서도 내 몸에서도
온통 파 냄새가 난다

열여섯의 다섯 살
동생에 관한 고찰

류송희 중3

다섯 살 영준이는 머리가 꼭 수박 한 통이다
윗도리가 머리에 걸려서 옷 입히기가 힘들다
늘어난 목이 처량하다
그 머리로 날 받으면 내 입술이 터진다
찜질방에 가면 안마기 위에서 놀다가 떨어진다
머리부터 떨어진다

영준이는 나보다 큰누나를 더 좋아한다
나는 당근 쥬스를 줬지만 언니는 '엄마는 외계인'을 줬기
때문일 거다
내가 비빈 비빔밥은 안 먹는다
엄마가 비빈 것은 잘 먹는다

새벽에 혼자 일어나서 TV를 보고
자꾸 코를 파고
내가 샤워할 때 침범하고

고집이 세고
다리가 길고
장난감 버스로 교통사고를 연출한다. 불쌍한 버스

어느 날 목욕탕에서 아들이 예쁘다는 소리를 들었다
난 상처 받았다

외할머니, 섬에 계시다

김상원 고2

새벽 공기 스산한 선창가
늙은 어미는 오늘도
다리를 땅에 박고
하염없이 수평선을 바라본다

"독하게 살아야 혀. 세상을 만만하게 보면 안 된당께."
순둥이 막내딸 시집가던 날
딸을 싣고 육지로 뻗어가던
그 배에 당신 맘도 실어본다

딸은 고향 가는 날이면
고된 마음 둘둘 말아 놓고
어미의 겨드랑이 단내에 취해
행복한 꿈도 꾸어 보고

어미 사랑 가득 담은

감자, 고구마, 미역들이
터질 듯한 상자 속에서
미소를 날리면
딸은 자기도 따라 웃어본다

오늘도 어미는 절뚝이며
선창가로 가 딸아이를 그려보고
육지 딸은 사진 속 당신 가슴에
얼굴을 묻고
그리움을 토해낸다

외할머니의 딸

이미래 고2

메주 냄새 쇠똥 냄새
풀풀 날리는
청도군 화리,
외할머니 쉼터가
우리를 반긴다.

시끌벅적 우리 가족이
트렁크 그득그득
시골냄새 싣는 날이면

꿉꿉한 부엌의
구석 한 켠에 놓인
서랍 맨 위 칸엔
부끄러운 듯 살포시 고개만 내민
만 원짜리 몇 장이
엄마의 마음처럼

그곳에 남아 있다.

"엄마, 내 부엌에 돈 넣고 왔데이."
쑥스러운 우리 엄마
고백 전화 한 통 하시면

당황하신 외할머니
발개지는 목소리
"괜찮타 안 카나!"
천둥 같은 외할머니 역정에
배시시 피어나는 웃음으로
엄마는 딸이 된다.

맨날 호통칠 줄만 알았던
우리 엄마가
외할머니 딸이었을 줄이야.

어느 여름 날
집으로 돌아온 엄마가
전화기 들고
뜸들이며 말하려는데
수화기 저쪽 너머 들려오는
외할머니 목소리
"야야, 쌀 포대 함 봐라.
거기 다부로 돈 넣어 놨다."

촉촉이 젖어드는 엄마 마음을
이젠 나도 읽을 수가 있네.
아!
외할머니의 딸인 우리 엄마.

---

* 다부로 : 다시.

나도 엄마처럼
어여쁜 딸이 될 수 있을까?

그녀의 눈물

윤진희 고2

1

모두가 잠든 쌀쌀한 새벽 길 위에 그녀의 외로운 발자국이 놓인다. 오늘도 그녀는 일터로 향한다. 송곳처럼 날카로운 수많은 사람들을 힘겨운 미소로 대하며, 끝이 보이지 않는 일거리들을 한숨으로 대하며, 그녀는 그렇게 서러움의 눈물을 삼키며 일을 한다.

힘겨운 일을 끝마치고, 하루 종일 일에 치이고 사람들에게 치인 자신의 한 몸 다루기도 버거울 텐데 집에서 자신을 기다리고 있을 자식들을 위해 양손 가득 먹을 것을 사들고 바삐 집으로 향한다.

2

어둠이 짙게 깔린 늦은 저녁, 위태로이 서 있는 가로등 불빛 아래로 그녀의 지친 발자국이 놓인다. 언제부터인지 모르게 시작된 힘겨운 삶, 그녀는 주저앉고 싶고 울고 싶고 편히 쉬고 싶었다. 하지만 오늘도 그런 마음 숨긴 채, 자식들을 향해 환한 미소를 짓고 있다. 눈물 삼킨 그 미소가 너무나 힘겹다.

3

풀벌레들조차 숨죽여 우는 밤, 어디선가 들려오는 애처로운 흐느낌에 귀 기울여 보니, 그녀가 울고 있었다. 행여 누가 들을세라 조용히 눈물을 삼키고 있었다. 나는 그녀의 떨리는 어깨를 잡아줄 수도 보듬어 줄 수도 없었다. 다만 그녀의 울음이 나의 귓가를 파고들고 나의 심장을 저미더니 나의 베개를 적실 뿐이었다.

그녀의 얼굴 위 얼룩진 눈물이 환한 미소로 꽃필 때까지 나약해지지 말자고 스스로를 타일렀다. 그리고 슬며시 눈물을 훔쳤다. 그녀가 모르게…….
깊어져 가는 새까만 밤, 우리는 함께 눈물 흘렸다.

상처

김선애 고1

늙으신 몸을 이끌고
어린 자식들을 위해
하루 종일 경운기와 싸우시는 아빠

싸우다 힘에 부치셨나
아빠의 손가락에
경운기가 문 자국이 선명한데
아빠는 자꾸만 손을 감추신다

텁텁한 흙냄새
녹슨 경운기 냄새
농부들의 지친 땀냄새 섞인
아빠지만

주무시는 아빠 곁에
슬쩍 가 앉으면

그 어느 꽃내음보다 다정한
슬픈 아빠의 냄새

그 속에 조용히 잠든
아빠의 상처

할머니

오늘 아침도 할머니는
구부러진 허리와 아픈 다리로
닭장 문을 열어 주시고
먹다 남은 밥을 개에게 주신다.

내가 학교에 가고 나면
할머니는 깨도 찌고
고추도 따고, 토끼 풀도 먹이신다.
온갖 일을 다 하신다.

오늘도 내가 학교에서 돌아오니
할머니는 마늘을 까고
빨래를 개고 계신다.
도토리를 주우러 간다고 하신다.

그런 우리 할머니는 저녁마다

앓는 소리를 한다.
소금을 달궈 허리를 지지신다.

할머니와 같은 방을 쓰는 나는
냄새가 난다고 싫어하지만,
날마다 할머니의 팔을 베고 잠이 든다.

밥상 앞에서

이성기 고2

감기는 눈을 치켜뜨며
아버지와 마주 앉았다.
밥상 가운데 놓은 찌개가 조용히 끓어오른다.
아버지가 먼저 한 숟갈 입 안으로 들이미신다.
밥알을 씹으시며 내 성적을 물어 보시기에
나도 얼른 찌개를 한 숟갈 떠서
입 안에 넣으며 우물거린다.
뜨끈한 국물을 삼키며
걱정 마시라 하고 아버지 눈치를 살폈다.
알았다며 조용히 웃으면서 반찬을 집으신다.
굳은살이 투박하게 박힌 아버지 손과
구릿빛 굵은 팔뚝을 보며
슬며시 수저를 만지작거렸다.

단술

진효주 고2

할머니, 손맛 가득
달달한 술 빚어낸다

40년 경력 진 씨 가문
단술 장인의 맛으로
달콤하게 담아낸다

둥둥 뜬 밥풀처럼
내 마음도 둥둥

아,
취한다!

우리들의 학교생활 **4부**

시간이 멈춰 버린 학교

삥 뜯긴 날

이수빈 중1

친구랑 시내 골목길을 걸었다.

사탕 하나 물고 다리 떠는 언니들이 길을 가로막았다.

"10원 나올 때마다 한 대다."

"지폐밖에 없는데요."

"그럼 1000원 나올 때마다 한 대."

"5000원짜리밖에 없는데요."

퐁당퐁당 말대꾸하다 결국 2000원 뜯기고

돈 없어 집까지 걸어왔다.

시간이 멈춰 버린 학교

이승우 고2

아침부터 교문에 선생님이 지키고 있다.
아이들은 선생님 옆에서 벌을 받고 있다.
어떤 아이들은 몰래 담을 넘어온다.
아이들은 선생님들 욕을 하고
선생님들은 그것을 아는지 모르는지
또 아이들을 때리고 있다.
학교의 아침은 변화가 없다.
아침에 학교는 시간이 멈춰 버린 곳 같다.

시험이 끝나고

이소혜 중2

기분이 좋습니다.
너무 행복합니다.
이젠 걱정 없습니다.
그래서 편안해집니다.

그 뒤에는 다른 두려움이
멀리서 서서히 몰려오지만
지금은 그냥 좋습니다.

과학 선생님의 타작이 아른
수학 선생님의 한숨소리 슬쩍
영어 선생님의 잔소리 찔끔
그리고, 엄마의 타작+한숨+잔소리
3종 세트가 날 기다리지만

시험이 끝나고 나서는

난 일단 행복합니다.

내 사랑 못난이들

내겐 아주 못난 친구들이 있지.
툭 하면 삐지고
툭 하면 울어 버리는
그러다 언제 그랬냐는 듯이 웃어 버리는
정말 웬수 같은 친구들이 있지.
머리가 크니,
눈이 단추 구멍같이 작니,
허구한 날 날 놀려대는
그렇지만 절대 기분 나쁘지 않는
내 사랑 못난이들이 두 명이나 있지.
내가 너를 닮고
네가 나를 닮아 가는
우리는 닮은꼴 친구.

가을 교실

박예은 고2

교실 창문을 열면
해가 들어온단다
교실에는 해가 앉는 걸상이
맨 앞자리에 있단다.

교실 창문을 열면
하늘이 들어온단다
하늘은 창문턱에 걸터앉아
유리창을 파랗게 닦아놓지
우리들 공부가 끝날 때까지

열려진 창문으로
잠자리도 들어온단다
잠자리는 앉을 자리가 없지
새로 전학 온 아이처럼

그러나 우리들은 다투어 부른단다

"야, 야! 내 옆에 앉아 !"

"내 옆에 앉아~!!"

복도

박수진 고2

길지는 않아도 빛으로 가득 찬 그 복도에는
지난 시간들이 흐르고 있습니다.

장식이라곤 달랑 시 액자 몇 개
아무리 닦아도 시커먼 회색 바닥
전혀 특별할 것 없는 복도인데,
나는 언제나 들뜬 기분을 애써 감추며 걸어갔습니다.

몇 번이나 그 복도를 걸어갔을까요.
얼마나 많은 발자국을 만들며 걸어갔을까요.

화장실 가던 발자국
밥 먹으러 가던 발자국
교무실 가던 발자국
스승의 날, 좋아하는 선생님께
사탕 드리러 가던 떨리는 발자국

학교 축제 준비에 신났던 발자국
야외 수업에 껑충 뛰어가던 발자국
히히 웃던 발자국
인사하던 발자국
너를 만나러 가던 발자국
……

평범한 일상의 한 부분이었던 복도가
이제 다시 되돌아갈 수 없는 길이 되었습니다.

대 竹

중학교 2학년, 철없는 우리 앞에
빛바랜 옛 그림 같은 고고한 모습으로
우장희 선생님께서 단소를 부셨다.

대나무 이파리 같이 춤추는 음표 앞으로
죽순처럼 돋아난 단소 소리가
작은 귓속 한가득 날아들었다.

곧은 생각만 하고 살라고
푸른 마음만 갖고 있으라고
떨리는 민요 가락 짚으셨나 보다.

항상 자연부터 생각하라고
소리 잘 나는 플라스틱 단소 대신
다 낡은 대나무 단소 드셨나 보다.

시간이 멈춰 버린 학교 **127**

지금도 마음 열면

바람결에 스치는 대나무 소리

가느다란 가락 타고

묻어나온다.

선생님의 가을

전경훈 고1

향내 가득한 좁은 층계 끝
초라하게 열린 현관문

가냘프게 늘어선 아이들의 행렬엔
국화꽃 한 송이씩이 들려 있고

사진뿐인 선생님은
두 줄기 검은 리본 사이로
수북히 쌓인 하얀 국화꽃을
바라보고 계셨다.

빨갛고 노란
예쁜 소국들도 많은데
하필이면
하얀 국화를

우린 선생님을 위해
들어야만 했다

이미 남몰래
가을을 준비하고 계셨던
지난 5월

학교에서 본 선생님은
그저 말없이
앙상해져 가기만 했고

복통에 뒹구는
밤이면
흐릿한 불빛 아래서
밤늦도록 우리 작문을 고치고
또 고치셨다.

그분께서
 낙엽 되어 가버린
가을,

그 자리에 다시 피어난
파아란 잎들이
이제,
또 다시 떨어져도

가을이면 피어날
시리게 하얀 국화꽃으로
선생님은
늘
가을에 있다.

누런 독서실 차

정수경 고2

"문 열고 타라"
덜컥.
자동문마저
고장 나 버린
낡은 버스

3, 2, 1
발사 –
여느 로켓 부럽지 않은
우렁찬 소리
그르렁
목적지는 학교

눈 밑 검은 그림자 한아름 안고
저녁 10시
교문에는

낡은 버스 마중 나온 우리들

저 멀리
우리들만 아는 소리
그르렁
"아저씨, 차 좀 바꿔요"
"바꿔야지
그래도 정들었잖아"

도대체 언제까지
폐차 타고 다녀야 되냐고
투덜대는 우리들도
그 낡은 버스 타고 있을 때보다
즐거웠던 적이 없다

조용히

매력을 뿌리고 다니는

노란

노란

우리 독서실 차.

커피 캔

김지혜 고2

눈 뜨자
정신 차리자

쓰레기통 속 쌓여 있는
싸늘한 커피 캔들은

끊임없이 우리들에게
외치고 있다.

눈꺼풀의 무게를
이겨낼 수 없을 때엔

차가운 커피 한 캔에
다시 한 번,
각오를 다진다.

쌉쌀한 입맛 다시며
땡그랑······

쓰린 속 움켜쥐며
땡그랑······

하나하나 쌓여가는
커피 캔에는

하나하나 쌓여가는
걱정과 다짐이

쌉싸름한 커피향 함께
처연히
배어든다.

야자 시간

강지혜 고2

종이 위 굴러다니는 샤프들
어디에는 만화책, 잡지책 넘기며
웃음을 참고
어디에는 친구와 잡담을 하느라
공부는 뒷전
풀리지 않는 수학 문제에
일그러진 얼굴들.

하품인지 한숨인지
여기저기서 들려오는
아 - 아 - ㅁ
늘어진다.

꼬불꼬불 글씨,
무언가 빽빽이 적혀 있는 희미한 종이를
뚫어지게 쳐다보다가

앞에 있는 친구 뒷통수에
인사만 하는 오뚝이들.

시계는
여전히 한결같은 방향으로 달려가고
우리는
여전히 한결같은 모습으로 앉아 있다.

머리카락

송인효 중2

바닥에 널브러진 나의 자유들아
정말 미안해
너희는 나였었지
나를 마음대로 할 수 없다는 게 미안해

무거운 아침의 저 태양보다 일찍 일어나
씻기고 말려 보살폈는데
너희들을 보니 슬퍼져
강제로 잘린 너희처럼
교칙의 가위 앞에 나의 자유도 잘려나갔어

내가 너희를 지키지 못한 것처럼
나와 같은 길을 걷는 친구들도 지키지 못했어
잘려버린 너희들이 다시 붙을 수 없는 것처럼
굴욕감도 지워지지 않아

그러나, 잘릴수록 너희가 다시 자라듯이
나와 같은 길을 걷는 모든 친구들도 성장하여
자유의 행진을 할 거야
하지만 행진이 두려워, 왜 그럴까?

'야·자'라는 구속영장

김대현 고2

종이 울린다.
동시에 매로 문을 두드리며
고함치는 소리가 들린다.

문은 닫히고
더 이상 자유는 용서받지 못한다.

매시간 10분 전이 고비다.
그때마다 몇몇 죄수가 탈옥을 시도한다.
그러나 결과는 종아리에 그이는 붉은 선

죄수 명단을 들고 교관이 들어와 인원수를 체크한다.
압박감에 시달려 탈옥을 체념한 채
허리를 굽히고 눈을 감으며
엎드리는 죄수는 늘어만 간다.

종이 울린다.
동시에 죄수 수십 명이
발광하며 뛰쳐나간다.

문은 열리고
그러나 자유여야 할 문 밖은 온통 학원 차뿐,
또 다른 감옥소로 옮겨지는 종소리일 뿐이었다.

학원 수업 마치고

김진휘 고2

학원 수업 마치고
집까지 터벅터벅 걸어간다.

나 때문에 잠가 놓지 않은
대문을 여니 불이 환하다.

먼저 안방으로 간다.
기다리다 지치신 어머니는
리모컨을 손에 쥔 채 주무신다.
텔레비전을 끄고
살포시 문을 닫고 나왔다.

옷 갈아입고 세수하고 나니
시계는 한시 반
핸드폰을 보니 26일 수요일이라 되어 있다.
좀 전만 해도 25일 화요일이었는데

시간이 멈춰 버린 학교 **143**

하루를 마친 시각이 오늘이 아니고 내일이다.

늦잠

류수경 고2

시험이라 자정을 훌쩍 넘어 들어온 나를
눈 빨갛게 기다리던 엄마
오늘 아침에도
입안이 하얗게 헐어버린 나를 부르신다
못 들은 척 이불 끌어당기는데
불쑥, 쌀 씻느라 서늘해진 엄마 손이 들어온다
더듬더듬 엄마 허리에 팔을 걸치면
몽실몽실한 엄마 배
"어이구, 그냥 엄마도 같이 잘까?"
이 맛에 나는 매일 아침
선생님의 몽둥이에 쫓겨 교실로 들어간다

떡볶이는 맛있다

손수지 고2

통통한 볼살 앳된 얼굴의
교복을 입은 친구들의 발걸음이 향하는 곳,
우리는 일요일이면 언제나 대발이분식으로 갔다
떡볶이 1000원어치, 튀김 2000원어치에
내 마음은 3000원어치 그 이상으로 행복했었다.

독서실 책상에 머리 박고 앉아
책에 있는 글자가 꿈틀꿈틀 지렁이 같이 보일 때쯤
누구의 뱃속에서 나는 소리인지 알 수 없는 천둥소리에
서로를 돌아보며 킥킥대다가 향하는 황가네분식
떡볶이 한입에 시답잖은 농담 한 번에 나는 행복했었다.

토요일 점심때쯤 오랜만에 만난 친구들과
그 이름도 다정한 뽀뽀뽀분식으로 갔다.
즉석 떡볶이 1인분 먹고 남은 국물에 밥 볶아 먹고
서로 더 먹으려고 박박 긁는 소리가 냄비에 구멍이 날 것 같았다.

그럼 나는 그 소리만큼이나 행복했었다.

밤 10시, 야자가 끝나고 집에 가는 길

살찐다며 10분을 망설이다 들어가는 김밥천국

떡볶이를 시키고 기다리면서 늘어나는 한숨소리

하지만 음식이 나오고 배가 불러지면

무한대로 리필 되는 국물만큼이나 나는 행복했었다.

떡볶이는 맛있다.

남들한테는 그냥 매콤한 양념이 일품인 간식거리지만

나한테 떡볶이는 추억이고 그리움이고 행복이다.

그래서

떡볶이는 맛있다.

학생

이효정 고1

해가 깨어나기도 전에
얼굴에 거뭇거뭇한 잠을 씻고
꾸역꾸역 밥 한 숟갈 두 숟갈
이젠 내 몸 같은 교복을 입는다

두 번째 집에 하나둘씩 들어오고
아무것도 보이지 않는 상태에서 0교시를 시작한다
메마른 땅에 한 줄기 빛 같은 점심시간
내용물이 튀지 않게 웃는 우리들의 스킬

해가 눈을 비비며 자러 들어가고
칠흑 같은 어둠이 달과 별을 토해낸다
살아 있는 숨소리와 죽은 듯한 공기를 배경으로
사각사각 연필과 연습장의 만남

집에서 좀 자고 오라는 마침 종소리

몇 시간 뒤에 만날 친구들과 인사를 하고
변함없을 내일을 기대하며 엄마 품으로 걸어간다

별

이수연 고2

인적이 드문 시간.
가로등만이 쓸쓸하게 서 있는
아파트 단지에 들어서면
언제나 적막감이 나를 반긴다.

터질 듯한 가방을 어깨에 메고
그나마 다 넣지 못한 책은
양손에 한아름 안아들고서
무거운 발걸음을 옮기다 무심코
까만 하늘을 올려다보았다.

별빛을 모두 삼켜버린 어둠이
마치 주인인 양 하늘을 차지하고 있었다.
새까만 내 마음처럼.

"이건 북두칠성, 저건 카시오페이아,

그 가운데 가장 빛나는 별이
바로 북극성이란다."

엄마 손 잡고 논길을 걸으며
금방이라도 쏟아질 듯
밤하늘에 한가득 걸려 있는 별을
목이 아프도록 올려다본 게 언제였을까.

그때 그 별들만큼이나 많던
북극성만큼이나 빛나던 꿈은
어디론가 사라지고
밤하늘을 따라 흐르던
은하수의 푸른 물결도
자취를 감추어 버렸다.

그러나 언제부터인가

작은 별 하나가
숨이 막힐 듯한 어둠을 물리치고
세상에 얼굴을 내밀었다.

어둠을 몰아낸 그 용감한 별처럼
내 마음에도 별이 뜨겠지.
크지도 밝지도 않지만
지친 마음을 밝혀줄 수 있는
그런 아름다운 별 하나가.

지동초등학교 1학년 1반에는

박혜림 고2

한 명의 아이가 공부하고 있다
이미 오래 전부터 폐교될 거란 말이 떠돌았었다
오랜만에 찾아가 본 모교엔
고요하고 텅 빈 운동장뿐
그네는 조금도 움직이지 않고
바람조차 밀어주지 않는 쇳덩이가 되어 버렸다

우리 마을, 일하는 사람들

새벽 시장

고향

허성욱 중1

내가 어렸을 땐
고요한 세상이었지

시냇물 소리는
노랫소리이고

겨울 강가 물새는
친구들이었지

지금은
길도, 사람도 변하고

저 강의 얼음처럼
마음도 겹겹이 얼어

나의 봄은

 5부 우리 마을, 일하는 사람

깨어진 약속처럼 멀다

우리 동네

정홍주 중3

밑으로는 바다
위로는 고물상이 쭉 늘어선 우리 동네.

그것도 담이라고 양철판으로 쌓아올린 담벼락
금방이라도 녹이 슬어 무너질 것만 같은 담벼락
플라스틱 고물, 종이 고물
온갖 고물이 산더미처럼 쌓여 있는 고물상
구루마*로 고물을 한 수레 해 온 아저씨와
고물상 주인의 입씨름이 여기서 벌어진다.
박상* 장수 아줌마도 여기서 한몫한다.
어디서 매일 고물은 생겨나는지
매일매일 쌓여가기만 하는 고물
우리 동네는 고물 동네다.

---

*구루마 : 손수레
*박상 : 티밥

바다에서 짐을 나르시는 아저씨들
옷을 벗어버린 몸에서는 송글송글 땀방울이 맺혀 있다.
어깨에는 퍼런 못이 박혀 있다.

먹고 살기 위해 바쁜 우리 동네는 하루라도 쉴 날이 없다.

새벽 시장

신현경 고1

설언* 동녘 하늘에 빠알간 알전구 하나 걸리면
새벽을 여는 사람들 사이로 어둡던 하늘이 태동한다.

동해안에서 갓 잡아올린 시퍼런 새벽이
십 년 남짓한 넉넉한 세월의 생선 좌판 위에서 펄떡이면
아지매는 어김없이 비린내 깃든 흥정을 쏟아내고
가득히 쌓아올린 한 소쿠리 푼푼한 인심에서
정겨운 사람 냄새가 물씬 배어난다.

곤한 새벽 깨우는 힘찬 삶의 외침은
첫발을 내딛는 기차처럼 연거푸 뿌연 입김 뿜어 대며
눈가에 처진 선잠을 쫓아내고
넉살스러운 함박꽃에
여기저기 앉은뱅이꽃들이 톡톡 망울을 터뜨린다

———

* 설언 : 살짝 언.

구름을 개켜낸 하늘의 활갯짓처럼
황혼이 겨운 이마의 주름진 어둠과
가슴속에서 게워낸 시큼한 한숨까지 쓸어내고
제 번지마다 새 아침을 고이 내려놓는다.

김천시 개령면 남전리 521번지

해마다 옥수수가 난다
우리 밭에는.
배도 나고
자두도 나고
토마토도 나고
상추도 나고
때로는 피자 속에 숨기 위해
피망도 난다.

고양이가 산다
우리 밭에는.
노루도 살고
개구리도 살고
꿩도 살고
때로는 아버지가 싫어하는
까치도 산다.

 5부 우리 마을, 일하는 사람

할아버지가 계신다.

우리 밭에는.

할머니도 계시고

작은할아버지도 계시고

큰 아버지도 계시고

작년까지 함께 하셨던

당숙모 할머니도 계신다.

뭐든지 다 있다

우리 밭에는

아버지 정성도 있고

어머니께서 흘리신 땀도, 눈물도 있다.

봄비

박혜림 고2

시골 할머니 집 바둑이는
봄비에 젖어서
개집 속으로 숨어들었다
부엌에서 감자를 씻던 할머니가
빨래를 걷으러 나왔다

배밭에서 일하던 할아버지는
털털털 오토바이 타고 돌아오는데
시내에 공부하러 간 손녀는 아직이다

뚜껑 깨진 장독대 속에는
점점 물이 고이고
형광등 찌르르한 부엌엔
감자와 된장만 들어간
된장국 냄새 가득하다

어느덧 찾아 온 어둠 속에
타닥타닥하던 빗소리가 그치고
개집에서 나온 바둑이가
바르르
빗물을 털 무렵

온 동네 밭 배나무들은
더욱 새파래지고
9시 50분 버스 탄 손녀에겐
유리창에
된장국 끓는 모습이
또렷하다

생강 캐는 날

김경숙 중2

끙끙 생강을 뽑는다.
이 한 포기는 유난히도 안 뽑힌다.
동생을 불러 온 힘을 다해
생강을 뽑았다.
난데없이, 생강 캔 자리에서
개구리 한 마리가 뛰어나와
나를 쳐다본다.
자기 집을 망가뜨렸다며
나를 원망하는 눈초리 같았다.
난 미안한 생각이 들어
다시 구멍을 파고 개구리를 묻어준다.
긴 겨울을 새고 다시
봄을 찾아 나오너라.

땔감

이태영 중2

어저께부터 엄마가 아팠다
오늘 따라 날씨도 방도 내 마음도 추웠다
부엌에는 나무가 없다
톱 한 개를 가지고 산으로 올라갔다
산에는 나무가 천지였다
한꺼번에 다 가져갈 수만 있다면,
머릿속으로 수없이 생각했다
내 머리 위로 새 한 마리가 날아갔다
까치였다
까지는 입에 나뭇가지를 물고 다녔고
나는 손에 큰 나무를 들고 날랐다
머리카락을 비집고 땀이 흘렀으나
더운 것도 잠시, 땀 때문에 더 추웠다
계속 몇 개만 몇 개만 하다가
한 짐이 되었고 두 짐이 되었다
내 마음 속의 땔감은 우리 집 부엌을 꽉 채웠다

방도 내 마음도 따뜻하게 채워 주었다

고추 심는 날

이미숙 중2

오늘은 고추 심는 날
나의 얼굴엔
두 개의 큰 혹이 나 있다.
시험 공부를 해야 하는데
고추를 심어라 하는 엄마도 밉고
고추도 미웠다.
고추 심기가 싫어
고추 줄기를 잘라 버린다.
고추 줄기를 자를 때
고춧잎 속의 작은 잎사귀가
내 마음을 때린다.
생명의 한 시간을 위해
온갖 고난을 무릅쓰고 존재하는
고추 잎사귀
지금도 고춧잎 속 작은 곳에서
심장의 고동소리가 들린다.

고구마 캐기

이봉구 고2

오늘은 아버지와 고구마를 캔다.
줄기를 걷으면
고구마들이 줄줄이 달려 나온다.
아버지는
"고구마가 어예다가 뿌리에 힘 안 쓰고
줄기에 힘 썼노?" 웃으시지만,
작년에는 사람 머리통만 한 고구마도 나왔는데
올해 수확량은 별로다.
아버지 주름살이 밭고랑처럼 패이고
팍팍한 땅만 뒤집어 놓길래
"아버지요, 그캐도 작년만큼 안 캤니껴"
내 농담 한 마디에
"그래! 이마이면* 안 굶을 끼라!"

---

* 이마이면 : 이만하면.

올 겨울 내내 나는
군고구마, 생고구마 잘도 집어먹고
구수한 방귀 뿡뿡 잘도 뀌겠다.

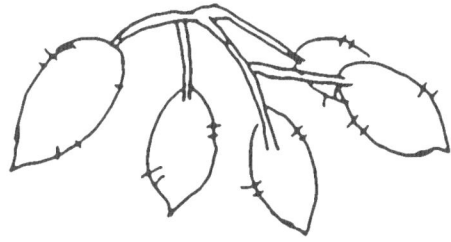

미술관 이야기

안지영 고3

신탄진 시장 골목 더듬어 가면
밀알수선집 속 미술관 나온다

밀알수선집 주인 말 따라
쉴 새 없이 덜덜거리는 미싱 위
벽으로 천장으로 눈 옮기면
수선집 속 액자는 흑백 과일들 잔치다

이게 내 딸이 다 그린 거여
김명선 모르나? 앵간허면 다 알 텐디

출세한 딸년 얘기에 그 아버지
이마 굵은 주름은
내 치마 처진 밑단과 함께
다리미 하얀 수증기 속으로 사라진다

바닷빛 와이셔츠에 뿌려진
동그라미 몇 개는
수선쟁이 20년 땀방울인가 눈물인가

오늘은 액자 속 과일들도
수선집 주인처럼 늙은 라디오 뽕짝에
번들번들 춤바람이 났다

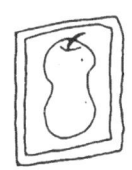

황금시장 순대국밥 집

강희정 고2

한산한 장날 저녁,
황금시장 골목
불 꺼진 간판들을 지나
허름한 순대국밥 집
동그란 양철 테이블에
엄마와 마주 앉았다.

"순대국밥 두 개요"
큰 사발 가득 담기는 두둑한 인심
부연 국물 속 그득한 돼지곱창들
반찬은 달랑 깍두기 한 접시.

옆 테이블 아저씨
늘어가는 소주병만큼 어지러운
인생이야기 엿듣다
어느 새 국밥 한 그릇 뚝딱.

가게 앞에서
돼지머리 썰던 주인 아저씨와
돼지곱창 씻던 아주머니의
푸짐한 웃음만큼이나
따뜻한 배웅.

황금시장, 그 골목 끝에
비릿한 돼지고기 냄새 정겨운
순대국밥 집 있다.

향수

전우진 고2

알알이 보석같이 붉은
산수유나무 서 있던 자리
시퍼렇게 차가운 울타리가
서 있습니다.

포로롱 살포시 내려앉아
잠든 아이에게 미소 띄우던
산새들 있던 자리
말끔히 정돈된 잔디가
자리하고 있습니다.

향긋한 감꽃 꿰어 목걸이 만들던
늠름한 감나무가 차지하던 뒷마당엔
하늘에 도전하듯 치솟은
회색 시멘트벽이 있습니다.

붉은 산수유 열매와 산새들과
하얀 감꽃이 떠난 뒷산을 바라보며

나는, 오랜 시간 함께한
일기장을 잃어버린
느낌이었습니다.

송사리

김수산나 고2

안동시 길안면
송사리

갓난아이 때부터
학교 가방을 메기 전까지
살던 나의 고향

송사리라서 그런가?
은빛 송사리 떼가
발가락을 간질이는 곳

'야! 골부리*가 참 많다!'
여름이면 골부리 잡느라
시간이 가는 줄 모르는

———
* 골부리 : 우렁이의 경북 지역 방언.

송사리

아름다운 그곳을 떠나
11년을 살아왔다.

송사리의 맑음
송사리의 때 묻지 않음
송사리의 푸근함

모두 잊어버리고
살다
다시 찾아간
송사리

골목 담벼락이
이렇게 낮았었나?

세월의 도끼가
해마다 담벼락을
쳐냈나 보다

너무나도 아기자기한
소꿉놀이 같은 풍경들이
눈물 날이만큼 행복한
송사리

커 버린 내가
때 묻은 내가
너무 부끄러운

송 · 사 · 리

시골집

이예령 고2

책을 읽다 잠이 들어도
나뭇잎, 쏴아아 흔들리는 소리
다 들리네

소리 따라 밖으로 나가니
푸르스름한 초승달
하늘에 걸려 있고

발소리에 깜짝 놀란
생쥐 한 마리
쪼르르 달려가네.

벚나무가 흘려버린
하얀 꽃잎을
쥐똥나무 울타리가
담아 주네.

늘 보던 우리 집도
늘 보던 꽃잎도
낯설고 고와 보이네.

예천군 상리면 사곡리

박현주 고2

그해 4월 5일 식목일
예천군 상리면 사곡리
할아버지는 흙으로 가셨다.

봉숭아물 대신 호둣물 까맣게 들이셨던
할아버지의 소박한 손길을 타고
어린 순들이 이루어냈던 호두나무 가지의 결정체들도,

콜라병 사이다병 모아 만든 화단 옆
갈 때마다 다른 개들을
한결같이 '독구'라고 불러주셨던
할아버지의 똥개들도,

마을 끄트머리 집이라는 자부심인지
지지직 - 지지직 -
아무리 돌려보아도 나오는 건 '전국 노래 자랑',

끝까지 한 채널만 고집했던

14인치 TV도,

이젠 내 기억 속 잠들어버린 추억.

흘러가는 시간만 잠시 머물다 가는

그곳엔 아무도 없다.

장터

나지영 고2

"아지매, 아지매~ 나물 쫌 사 가이소~
이파리가 푸르딩딩한 게 오늘 저녁 반찬 딱이라예
내가 싸게싸게 해줄 텐께 사 가이소~"

푸른 나물 잎사귀인지
시커먼 할머니 손인지
지나가던 엄마와 내게 손짓하십니다.

밥상 위에 단골손님이 되어버린 풀 반찬들
마음 약한 우리 엄마
오늘도 그냥 지나치지 않으셨습니다.

하나라도 더 팔려고
하나라도 더 깎으려고
두 짠순이의 말씨름이 시작되었습니다.

발길 멈추고 허허 웃으며 구경하는 사람들
말씨름의 승자는 나물 파는 할머니
아쉬운 패자의 무거운 발걸음

"아지매, 아지매~"
손짓하며 부르는 할머니

방금 전 미안하셨는지
마음에 걸렸는지
검은 봉지에 노오란 콩고물이 묻힌 인절미를 싸 주셨습
니다.

"이거, 저~짜* 떡집 할매가 내 혼자 무라고 준 긴데.....
에라이! 내가 맘 약해서 아지매 주는 겨~

---

* 저~짜 : 저－기.

목 맥힌께 물이랑 싸게싸게 드셔"

시커먼 할머니 손도
뽀글뽀글 파마머리 할머니 인심도
바글바글 사람 냄새 나는 장터도 밉지 않습니다.

사람 사는 재미가 보이는 곳
사람들의 푸근한 정이 담긴 곳
한 번 더 찾게 되는 곳, 바로 이곳, 장터

봄 파는 시장

조해진 고2

도서관 빠져 나오는 길
겹겹이 누르는 참고서
땅에 닿을 듯한 내 어깨
엉켜버린 내 머릿속 실타래
힘없이 늘어진 그림자를 밟으며 발걸음을 옮긴다.

오늘도 어김없이 지나가는 평화시장
시장 여기저기
보잘것없는 좁쌀 같은 몸에서
고귀한 꽃망울 터뜨릴 날만 기다리는
꾸욱 간지럼을 참고 있는 맨드라미 씨, 봉선화 씨
두 나래로 사뿐히 날아오르는……

"냉이 좀 사 가라."
길 한 구석 보따리 푸신 할머니 머리에는
지난겨울 잔설이 남아 있는데

세월의 때 묻어 있는 보따리에는
씀바귀와 미나리가 옹기종기 머리 맞대고 있다.

아아, 봄이구나.
아아, 봄이 왔구나.

내 허한 가슴
내 씨앗에게 한가득 따뜻한 봄을 담아 주었다.

이런 사람이 많아진다면

전배진 고2

한여름의 가뭄처럼 갈라진 손으로
가게 앞의 박스를 줍는 할머니
그 뒤를 따라가는
단정한 교복을 입은 두 남학생

아무 말 없이 조용히 다가와
박스가 담긴 수레를 끈다

– 아이고, 젊은 아–들이* 이래 착하노, 고마워라

아무 말 없이 웃으며
묵묵히 수레를 끈다

이런 사람이 많아진다면

———

*아–들이 : 아이들이

세상은 얼마나 따뜻해질까

한겨울의 추위도 녹일 수 있는
따뜻한 마음을 가진
이런 사람이 많아진다면

보는 이의 마음까지 따뜻해지는
이런 사람이 많아진다면

붕어빵 장수

이지연 고2

아침 한 자락을 손에 움켜쥐고
길모퉁이를 돌아 달리면
오늘도 어김없이 솔솔 풍겨오는
붕어빵 굽는 냄새
민첩한 손놀림,
너털한 웃음도 잊지 않으셨네
포장마차 한 켠을 차지한
어린 딸아이 사진으로 눈길을 주며
한 번 더 머금어 보는
특허 받은 미소
빳빳한 담색 종이봉투 속에
이제 갓 잡아 올린 붕어가
한 마리…… 두 마리…… 고이 담겨지고
"아따, 색깔도 곱네! 그쟈, 색시?"
밉지 않은 자화자찬에 수긍하는
나야말로 V.I.P 손님

진홍색 지폐 내민 손이
부끄러워질 정도로
두둑이 담아주시는 인심
아침보다 더 상쾌한
청향이 풍기는 곳
후끈한 난로 같은 그곳에
빛깔 고운 붕어빵을 닮은
아름다운 사람이 있다.

세상 속으로

6부

풍년 기근

돌담

이소혜 중2

할머니네 집 마루에 앉아
우뚝 세워진 돌담을 바라보면
그 건너편엔 예쁜 꽃들이 살짝 보이고
돌담 위로는 이름 모를 넝쿨이
힘겹게 올라옵니다.

같은 땅인데도
서로 넘어오겠다고
줄기마다 꼬불꼬불 힘들어 하는 게
너무 안쓰럽습니다.

돌담 하나 사라지면
저 넝쿨도 낑낑대지 않을 테고
건너편 예쁜 꽃들도 잘 보일 텐데
돌담은
꿋꿋이 자리를 버티고 있습니다.

"할머니, 내년엔 담 없애요.
그러면 할머니 집 마당이
더 아름다워지고
건너편 예쁜 꽃을 잘 볼 수 있을 거예요."

기지촌에서

도연정 고2

그녀는 전쟁으로 부모를 잃고 열한 살에 고아가 되었다
모진 세상 중심에 혼자 떡하니 남아 눈앞이 캄캄할 때
어느 소개업자의 사탕발림에 속아
파주 용주골 기지촌*으로 이백 원에 팔려갔다
어둑어둑한 골목길 다닥다닥 빼곡히 늘어선 붉은 방들
낮고 허름한 판잣집 진동하는 군용기 소음들
포주들은 그녀를 돈 버는 기계로 취급했다
숨 막히는 10년을 그곳에서 살다
큰 코쟁이 군인을 만나 저 멀리 미국까지 갔다
그녀는 낯선 땅에서 코쟁이들과 부대끼며 치열하게 살
았다
그러나 남편은 못난 여편네 버리고 딴 여자와 바람피우고
힐로뽕인가 하는 마약에 빠져 허구헌 날 못난 여편네 때
리고

---

* 기지촌 : 외국군 기지 주변에 형성된 촌락.

높은 벽에 갇혀 온 천지사방을 헤매던
그녀는 아이들을 남겨둔 채
또 다시 쓰라린 어릴 적 기지촌으로 돌아왔다
그렇게 험한 풍파 온몸으로 맞아가며 50년이 흘렀다.

※ 이 시는 〈나와 부엉이〉라는 기지촌 여성의 삶을 다룬 다큐멘터리 영화를 보고 썼다.

풍년 기근

"상자 값만 받을게요"
흙 묻은 모자와
땀에 젖은 목 주변,
거칠고 투박한 손으로
교무실 문을 열고 들어온 사람이
내뱉은 말이었다
그 사람은 초라한 모습과 표정으로
"풍년이 들어서 제 값도 못 받아요" 하며
방울토마토 상자를 가만히 내려놓았다

열심히 일군 토마토가 아니라
토마토가 그려진 상자를 파는 사람,
씨를 뿌리며 떨구었던 땀도
토마토와 함께 익어가던
꿈도 마음도
이제는 속 빈 상자 값

200 6부 세상 속으로

해마다 토마토가 열리면
농부의,
풍년이 들어 괴롭던
서글픈 농부의 장례가 치러진다

냉면집 아줌마

백설희 중2

뱅뱅 도는 햇살이
정수리 위에 내려앉아
땀으로 흘러내리는 6월 하루
언니와 잠시 들른 냉면 가게.

손님을 맞는 아줌마의 낯선 말.
"주문 나시게쓰니까?"
어설픈 우리말을 조심스레 던지고
다음 말을 기다리는 아줌마.

찰나의 시간
아무렇지 않게 대하라는
언니의 눈치.
하지만 이미 읽어버린
담벼락 하나.

주문을 받고 식탁을 치우는
아줌마의 뒷모습에
화살 같은 시선들이
슬픈 그림자 되어 향한다.

활성리 병군이네 집에

활성리 바보 병군이네 집에
봄이 찾아오면서 물 건너 새신부도 함께 찾아왔다

유난히 눈이 크고 앳된 신부를 보고 사람들은 저마다 각
기 다른 말과 터무니없는 말로 수군거렸지만
그 수군거림이 사라지고
동네 논들의 초록 물결이 황금빛을 지나 겨울이 오고
어느덧 다시 봄이 올 무렵 신부는 아기를 낳았다

혜성이예요, 고 혜 성 -

엄마는 서툰 발음을 따라 하며
오늘 만났다던 신부가 안고 있던 유난히 눈이 큰 아이의
이름을 알려주었다

담장의 개나리가 유달리 탐스럽던 해에 태어난

그 눈이 큰 아이를

　동네 사람들은 수군거리기도 하고 모른 척하기도 하고 이
름을 부르며 예뻐하기도 했다

　아이는 관심을 젖 삼아 무럭무럭 자랐다

　몇 번의 봄이 찾아왔다 지나가고 사소한 이야기는 잊혀
져 갈 때

　문득 그 아이가 어떻게 지낼까 궁금해졌다

　그리고

　아직 봄보다 겨울이라 불러야 어울릴 것 같은 어느 날에

　개나리가 미처 피지 못한 그 집 담장에 다닥다닥 붙어 노
는

　한 무리의 아이들을 보았다

　그 속에 한눈에 딱 혜성이를 알아보았다

아 –

웃고 있는 혜성이의 큰 눈에는

유달리 탐스럽게 피었던 그 개나리 노란 빛이 가득 차 있

었다

베트남 아가씨

김미진 고2

그 해 모심기 철
처음 본 친구의 새엄마

까무잡잡한 얼굴
선명히 대조되는
반짝이는 웃음, 반짝이는 큰 눈,
투박하고도 부지런한 손

비싼 농기계에 놀라던 딩글한 눈
이국적인 사과 깎기
새참 건넬 때
그 얼굴의 순박함, 순박함.

'베트남 아가씨와 결혼하실 분'

귀퉁이 떨어진 현수막이 흔들릴 때마다

내 머리 속에서 함께 흔들리는
마음 착한 아줌마

외국인 노동자

조승현 고1

지리한 장마가 시작되던
지난여름
아빠를 따라 나섰다
들르게 된
어느 전자 공장.

그들에 대한 나의 편견만큼
높다랗게 쌓여 있던
저 담벼락 넘어
폴폴 날리는 먼지처럼
세상을 살아가는 이들이 있었다.

휴가철이 시작되어도
고달픈 한 몸
누일 데가 없는 이들이
외발로 서로를 기대고 있던 곳

하릴없이 시간은 흘러가고
그 시간에 떠밀리듯
하루의 뒤편으로 사라져 버리는
그들을 붙잡고 싶었던
내 마음 한 조각.

잘 익어 속살 발그레한 수박이
통통 울리고
단물이 뚝뚝 흐르는
내 마음 한 조각을
배꽃잎 같은
그 하얀 덧니를 드러내며
수줍게 받아들던 그녀.

그녀의 입가에 피어나던
그 하얀 배꽃잎이

따사한 햇살을 머금은 채
보드라운 한 줌 흙이 되어가는
어느 긴 여름 날.

뜨겁게 피어오르는
쇳덩이의 입김 속에서
그녀는
먼 고향 풀 내음 오른
향그런 아지랑이를
떠올리고 있지는 않을까.

형제

빨간 불이 언제 파란색으로 바뀌나
신호등만 보는 내 눈 속에
다분다분 이야기하며 들어오는 노(老) 형제.
뭐가 그리도 즐거운지
피어나는 이야기꽃이 정답다.

그런데,
형님 -
하는 동생의 눈은 형을 향해 있지 않다.
그가 보고 있는 허공처럼
아무것도 담겨 있지 않은 그의 눈동자.
아, 그에게는 어둠만이 있었다.

기다리던 파란 불이 켜지고
동생은 손을 내밀었다.
형은 말없이 그 손을 꼭 잡아 준다.

212   6부 세상 속으로

동생은 조심스럽게 걸음을 옮긴다.
형은 천천히 그 걸음을 이끌어 준다.

세상엔 온통 어둠뿐인 동생과
그 어둠에 빛이 되어 주는 형.
그들의 그림자마저도 정다워 보여서일까,
아니면 갑자기 목이 먹먹하게 아파와서일까,
나는 어쩐지 길을 건널 수 없었다.

노숙자

희미한 전등 불빛이
꺼질 듯 말 듯
위태롭게 깜빡거린다.

밤 12시,
캄캄한 하늘 아래
하나 둘 꺼져 가는 네온사인 너머로
갈 곳 없는 나그네처럼 떠도는 한 사람이 보인다.

금방이라도 밟으면
바스락 –
소리를 내며 부서질 것 같은
낙엽 같은 그림자

고통과 외로움이 찌든 삶
퀴퀴한 냄새

술과 땀에 절은 옷
움푹 패인 눈

차디찬 바닥에
달과 별을 벗 삼아
하늘을 향해 누워

옆구리를 파고드는 차디찬
칼바람을
신문지로 덮고 또 덮어
잔뜩 웅크린 채로

거칠어진 손은
천천히 가슴께로
향한다.

따뜻한 가슴 속에서 꺼낸

꼬깃꼬깃한 사진 한 장

물끄러미 바라보다

뺨을 적시며 흐르는 눈물방울.

보리밥

민병헌 중3

오랜만에 시내 구경을 하며 다니다가 문득 배고픔을 느꼈다.

짜장집에 갈까

우동집에 갈까

이래저래 다니다가 문득 커다란 빠알간 천에 흰 글자로 쓰여진

보리밥이란 글자.

아직 순 꽁보리밥은 먹어 보지 못한 난

헐고 헌 집의 문을 개구리 뛰듯 들어가 누군가가 말한 고소한 보리밥을 먹어 보았다.

양옆엔 큰 아저씨들이

일을 다 하시고

이 의자 저 의자에서

맛있게 드시고 있었다.

잠시 뒤엔,

나의 자리에도 보리밥이 놓였다.

여기저기 내 옆엔 날품팔이 아주머니들,

고기를 나르는 아저씨들,

모두모두 모여서

어떤 이는 마치 손에 박힌 꾸등살*을

아주 멋진 옷처럼 자랑하듯 하는 것도 보였다.

그래, 그것은 자랑이야.

돈보다도 지위보다도

더더욱 큰 자랑이야.

찢어져 꿰매어진 옷도

고기 물이 들어 얼룩진 얼굴도

모두들 자랑이야.

옆에서 큰 소리로 웃는 어느 한 아저씨의 웃음이

높은 지위, 많은 돈을 가진 이들보다도

더더욱 당당한 웃음이었다.

---

* 꾸등살 : 굳은살

나만 잘 살면 그만이라고 하는 이들의 손보다도
겨울엔 트고 사시장철 손바닥에 꾸등살이 박힌 손들이
왠지 당당한 웃음의 손 같아 보였다.

내 눈 앞엔 아직 보리밥이 놓여 있다.
모락모락 김이 나는 보리밥이.
난 한 숟갈의 보리밥과 배추김치를 입에 넣으면서
겉으로는 하얗고, 보기 좋고, 속은 영양 별로 없는 흰 쌀
밥보다
겉은 까맣지만 그래도 영양이 매우 많은 보리밥이 되겠
다고 생각하며
꼭꼭 씹어 먹었다.

이발소에서

민병헌 중3

학교 밑
이발소는
돈이 싼 덕으로
오늘
아주 많은 이가 와 있었다.
내 차례가 와
자리에 앉으니
싹뚝, 싹뚝 가위질 소리가
귓가에서 쟁쟁거릴 때
문득,
생각에 잠겼다.
그 어떤 부자라도
또
그 어떤 가난뱅이일지라도
이발소의 이발사 앞에서는
모두가 평등하다

그 어떤 무서운 장군일지라도
이발사 앞에 서면
꼼짝을 못한다.
난
세상의 평등은 이발소에서
먼저 일어났지 않았느냐
하는 생각에 잠겨 버린다.
난 그 사실이 존경스러워
머리가 절로 숙여지자
이발소 아저씨는 내 머리를 똑바로 세우시더니,
"이렇게 하고 있어라."고 하셨다.

이것이 시다

한영근 중3

콩나물 - 180원
파 - 170원
두부 - 200원
쌀 - 1500원
라면 - 300원
돌이 과자값 - 200원
멸치 - 150원
고등어 - 270원

이것이 시다.
바로 이것이 시다.
생활이 알알이 들어와 박힌 이것이 시다.
엥겔 계수가 100인 이 생활이 시다.
자연보다도, 헛된 공상보다도, 숨이 없는 노래보다도
몇만 배나 뜨거운 이것이 시다.
모든 것이 활활 타는 이것이 시다.

꾸밈도, 치장도, 속임도 전혀 없는 이것이 시다.
만년필도 필요 없고
외제 펜도 필요 없는 이것이 시다.
붓도, 잉크도
필요 없는 이것이 시다.
가계부 쓸 시간도 없이, 쓸 것도 없이
바쁜 내 어머니를, 내 이웃을 생각하게 하고
나의 이 작은 가슴에 뜨거움을 한아름 가져다 붓는
이것이 시다.

이것이 시다.
어떤 시인도 흉내 낼 수 없는 이것이 시다.

내 소

박소윤 중3

아부지가 쥔 고삐 아래 통방울눈 달린 대가리도
똥딱지 잔뜩 묻은 커다란 궁둥짝도
이젠 뵈지 않을 때

엎드려 울던 하늘이
너울너울 모밀꽃 천지로 변해 가는데
내 소는
누렁소는 달려왔다

나랑 같이 달리던 다리를 지나
양지배기 언덕 – 할배 무덤 도래솔밭
같이 놀던 그 도랑가 풀숲
그놈 안고 장난치던 기억을 지나
목멘 내 하늘 잠긴 눈물길로

바람이 머리칼을 날리고

질경질경 그놈 뜯던 풀들이
타는 노을 아래 그 빛 짙어지는데
저 하늘길 지나 어지러이 날아가는 들구름
아부지 빛바랜 장바지락* 좇아
말없이 목메이는
내 슬픈 그리움도 따라간다

음머음머 울며울며
커다란 주먹눈에 구름빛 눈물 담고
장터에 팔려간 내 소 따라
조합돈 갚으러 간 내 소 따라
개값 되어 울고 가는 내 소 따라

———
* 장바지락 : 긴 바지 자락을 일컬음.

소똥

떠돌이 개

이다은 고2

눈에 눈보다 큰 눈곱이 끼었다.
얼마나 울었길래,
닦아주지 못한 눈물이 모여서 그의 눈을
꾹, 막아버렸을까

덕구

이경희 고2

서리 맞은 배춧잎처럼 축 늘어진 귀에
어른 손바닥만 하게 미끄럼틀처럼 빠져나온 혀,
겨우내 요긴하게 쓴 털옷이 못마땅한 듯
쉼 없이 핵핵대는 여름날의 덕구가
그늘 한 점 없는 마당 귀퉁이에서
이리 뒤척 저리 뒤척 낮잠을 청한다.

3대째 같은 이름,
우리 집에 오는 개는 모두다 '덕구'
"덕구야~"하고 부르면,
여기서 왈, 저기서 왈, 분별없는 옆집 개도 왈,
동네는 총천연색 개 울음으로 덮히고,
그래도 하나뿐인 나의 덕구는
물장구치는 듯한 힘찬 꼬리짓으로 나를 반긴다

시골 흔한 똥개라고 놀림 받아도

족보 있단 삐삐마른 강아지보다
집도 잘 지키고 싸워서 진 적 없는 덕구.
껌에, 사탕에, 과자에, 못 먹는 게 없어
돼진지 갠지 구분이 안 가도
어디 내놔도 부끄럽잖은 덕구는
오늘도 당당히 대문 앞에 자리를 잡는다.

우리 집 파수꾼, 덕구야!
곧 닥칠 무더위, 다가오는 복날,
동네 할아버지들의 위험한 눈길
이 모든 것 올해도 꿋꿋이 이겨내고
천년만년, 소나무에 단풍 들 때까지
이 모습 그대로 영원히 함께 살자꾸나!

돼지의 하루

하늘은 청명했다

어미돼지의 사랑은
젖꼭지 하나
쪽쪽 빨던 그 순간뿐이다.
시퍼런 날이 선 가위에
발톱과 꼬리가 잘려나갔다.
아픔을 처음 알았다.

1.1미터의 좁은 공간은
살찌기에 충분했다
더러운 오물에 발목이 빠지고
이쑤시개 섞인 음식 찌꺼기가
식도와 창자를 관통했다
소름끼치는 고통을 느꼈다.
이후론

어쩔 수 없이
항생제 섞인 푸석푸석한
사료에 만족했다.

흐린 날

흙탕물 투성이 트럭 한 대
긴 장화 신은 남정네들이
휘두르는 몽둥이에
시퍼렇게 멍든 엉덩이들이
트럭에 일렬로 올라섰다.

꽤애액
토해 낸 마지막 것까지
먹어치우려는 습성
이 길들여진 탐식은

더 이상 이어질 희망조차 거부한다.

비가 내린다.

난생 처음 보는
하늘에 먹구름만 가득하다
돼지는
돼지라서 서러운 것이
아니라
돼지처럼 사는 것이 서러웠을 것이다.

입감[*]

이상표 중2

웬 아이가 입감을 파고 있다.
호맹이[*]로 땅을 파면 입감은
자기가 파 놓은 길로 도망치다가 결국은 잡힌다.

입감은 깡통에 담겨져
어린애가 가는 대로 따라간다.
입감은 죽는 것도 모르고 간다.

어린애는 낚싯바늘에 입감의 몸을 끼워
대나무 낚싯대로 멀리 던진다.

잠시 후 입감은 물고기의
입에 들어가 올라온다.

---

* 입감 : 미끼용 지렁이

* 호맹이 : 호미

어린애는 물고기를 떼어내고
토막토막 죽어 있는 입감을 아무 데나 던진다.
입감은 낚시하는 데
이용물만 되고
허무하게 죽는다.

소똥

이소린 중1

소똥은 냄새난다.
소똥은 못생겼다.
소똥은 더럽다.

하지만 아무리
냄새 나고, 못 생기고, 더러워도
식물에게 꼭 필요한 것
그리고 그 식물이 필요한 사람에겐

소똥은 꼭 있어야 한다.

고양이 무덤

배 달 중2

고양이 무덤에 잡초가 생겼다.
다 뽑았다.

고양이 무덤에 빗방울이 떨어진다.
우산으로 받쳐 씌워 주었다.

고양이 무덤에 눈이 소복이 쌓였다.
다 털어 주었다.

저번에 죽은 그 고양이.

그 고양이 무덤에
사계절이 저마다 흔적을 남겼다.

농장 이야기

조경남 중3

새벽 다섯 시
우리는 방바닥에서 간신히 엉덩이를 떼내어
농장으로 간다
음매 음매 소들이 서두르는 걸 보고
얼른 양동이를 집어든다
사료를 가득 담아 소구유에 부어준다
어깨 늘어진다고 하지 말라는 울 엄마
엄마는 꺼칠꺼칠한 바윗돌 손으로
허리를 두들기신다
저쪽에 갓 태어난 송아지가
어미소의 젖을 빨고 있다
금방이라도 눈물이 나올 것처럼
반짝이는 눈동자
금방이라도 부러질 것 같은 다리
힘자랑 하느라고 어미의 젖을
주둥이로 툭툭 친다

툭 넘어져서 버둥거린다
지붕 위 가로등에는 벌써 벌레들이
하나 둘 모여 든다

들꽃 한 송이

허성욱 중1

키 작은 저 꽃
누가 심었을까?

지나가던 농부도
아이도, 웃게 하는 꽃

울퉁불퉁 자갈길에
무엇으로 심었을까?

길 외롭지 않게
바람 심심하지 않게

하얗게 웃으며
춤추는 아기꽃

어디에서 왔는지

어떻게 왔는지

흙이 하는 일 아무도 몰라
오늘도 나는 궁금하다

손금

이하나 고2

담장 따라 주욱 서 있던 플라타너스
학교 옆 길 넓힌다고
교실을 흔드는 전기톱 소리와 함께
사라졌다.

무너져 내린 그 큰 몸 뒤로
넓은 밑둥, 커다란 뿌리만 덩그러니 남았다.

내 손바닥 펴 놓으시고
"가시나 손금이 저래 자잘해 가
어데 제대로 써 묵겠노."
하시며 연신 팔자 세다는 말씀을 하시는
우리 할머니
땅 위로 올라선 뿌리를 보며 생각이 났다.

자잘한 내 손금처럼

땅 속 가득히 내렸을 그 뿌리 때문에
나무들 팔자가 세진 것만 같았다.

뿌리만 남은 나무 한 그루가
내 손바닥 위에 있다.
평소 좁은 길을 불평하던 나 때문이라고
눈물 흘리는 나무 한 그루가
내 손금으로 남아 있다.

아스팔트와 보도블럭이 덮인
새로운 길 위에서
나는 자꾸만
손바닥을 펴 보게 될 것 같다.

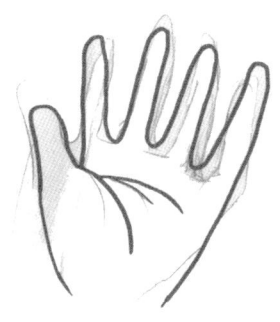

작은 선물

최은영 고2

　올망졸망 모여 있는 화분 때문에 발 디딜 틈도 없는 우리 베란다에 식구가 하나 더 늘었습니다. 아기 하나가 더 늘었다는 생각에 나와 동생은 인상부터 찌푸립니다. 아기 같은 고사리 손을 흔들며 애교를 떨던 녀석 돌보기 쉬울 줄 알았더니 사람 애먹이는 것은 열 아기 몫을 톡톡히 합니다. 우리도 구경하기 힘든 영양제까지 주시는 엄마를 보고 괜스레 샘이 나 애꿎은 방문만 쾅 닫아버렸습니다.

　그러던 어느 날, 우리는 난초로부터 뜻밖의 선물을 받았습니다. 이른 아침부터 호들갑인 엄마에게 이끌려 나가 보니, 천사처럼 환한 꽃망울을 품은 난초가 어쩌면 그렇게도 귀엽고 앙증맞을까요? 문득 정신을 차려 보니, 난초만큼이나 환한 미소를 짓고 있는 엄마가 나에겐 마치 어린아이처럼 귀여워만 보였습니다.

비

이유진 고2

마른 땅에
그림이 그려지고 있다.

투욱, 툭
투박하고 촌스러운 소리

땅내음을 머금고
속으로 깊숙이 파고드는
맑은 물감.

완성 후
휑하니 가 버린 그 자리에 쪼그려 앉아
네가 그린 그림을 바라본다.

얼룩 하나 없이 깨끗하고
눈이 부시다.

투명하지만, 거친 붓놀림 –

어느새 태양이
너의 그림을 말려주려
빼꼼히 찾아왔다.

담쟁이

이윤정 고3

담쟁이가 쏟아진다
저리도 얕은 담을 타고 쏟아진다
한 방울도 떨어뜨리지 않고
서로 제 몸을 엮은 채
끝끝내 마른 땅에 다다른다
풀포기들도 옆으로 모여들고
담 밑엔 푸르른 강이 생긴다

담은 알고 있다
밤마다 담쟁이가
달에 닿은 발자국처럼
꾹꾹 덩굴손을 뻗어가는 걸

담 꼭대기에 올랐던
첫 새벽
담쟁이들은 지상에 내린

그림자들을 보았다
곧 이어 키 큰 나무들은
첫 햇살을 받아
탄탄하게 나이 든
제 몸을 드러냈다
담쟁이도 서투르게
작은 손으로 얼굴을 씻어냈다

민들레

김혜연 고2

보고픈 맘 가득 담아
'후'하고 불면
바람 따라
퍼지는 하얀 마음

민들레야 민들레야
훨훨 날아가
수줍은 내 마음
나 대신 전해주렴

우리 처음 만났던
민들레 꽃밭
그 따스한 노란 빛을
기억해 달라고

구절초

문경회 고2

좋아한다
좋아하지 않는다
좋아한다
좋아하지 않는다

손톱만 한 작은 꽃잎
하나하나 떼어가며
어리석은 사랑을 확인했다.

흰 눈송이처럼 순백한 널
다시 만나게 된 날
너의 아름다움 따윈 외면한 채
나의 사랑만 묻는다

가을 냄새 풍겨오는
그런 이느 날

우연히 길가에서
너를 만난다면
다시 또 너에게 물어보게 되겠지

나의 사랑 지금은
어디에 있니?

끊임없이 지루한 사랑타령에
아무런 불평 없이
대답만 주는 너.
나의 무관심에도
언제나 변함없는
엄마 같은 너.

* 구절초 꽃말 : 어머니의 사랑

반딧불이

김다운 고2

희미하지만 아름다운 불빛,
그것은 달의 기운을 닮았다.

꺼질 듯, 꺼질 듯
숨가쁘게 흔들리는 불빛을
내 손 가득 감았다

위대한 세상의 발전은
그토록 아름다운 것들을
벼랑 끝으로 밀었다

반딧불이
반딧불이야

숨소리를 가다듬은
반딧불이는

검게 얼룩진 밤하늘을 향해
희미한 불빛으로
위태로운 날갯짓을 하였다

높이높이 날아올라
밤하늘에 박혔다

가을 산

여다영 고2

가을 산은
커다란 가마솥

머루, 다래, 밤, 도토리에
칡, 단풍잎을 고루 섞어서

햇볕에 포옥 찐다
아, 아
가을 익는 냄새

노오란 냄새
빠알간 향기

솔밭골

정수아 고2

1

뼛속까지 파고드는 서글픈 바람만 흩날리던 그 해 겨울, 우리 마을 지켜주던 숲이, 이백 살은 족히 먹은 노송들이, 아버지의 할아버지께서 심으셨다는 가보들이, 사라졌다. 자기 대에선 절대 건드리지 않겠다던 아버지의 어두운 얼굴 앞에, 푸르렀던 노송 열두 그루, 자그마한 숲이 뿌리째 뽑혀갔다.

증조할머니 누워 계신, 겨우 나무 열세 그루 있는 작은 솔밭골. "저 솔밭골에 가서 놀다 와라." 하시던 엄마도 사라졌다. 어릴 적 소나무 타고 놀던 추억도 머물 자리를 잃었다. 눈 오면 비료푸대 들고 신나게 달려가 동생과 썰매 타던 소나무 언덕배기도, "점쟁이가 그랬다는데, 저 소나무들이 우리 마을 수호신이래." 친구에게 자랑하던 흐뭇한 미소도, 놉* 하러 온 할머니들 햇볕 피해, 바람 찾아, 앉아 쉬던 초록

---

* 놉 : 품팔이 일꾼 또는 그 일꾼을 부리는 일.

그늘도 사라졌다.

2

오늘 그들이 온다는 말에 눈뜨자마자 솔밭골로 달려갔다. 고요한 아침, 상쾌한 바람에 흔들리는 노송들의 서글픈 파도 소리. 잘 있으라고, 우린 괜찮다고, 걱정하지 말라고⋯⋯ 파란 하늘 반을 덮은 소나무 가지, 이제 없을 그 모습, 나는 목이 아파라 쳐다보며 잘 가라고, 잘 가라고⋯⋯

우리 마을 지켜주던 소나무들, 거대한 트럭에 실려 그렇게 떠나갔다. 솔가지 한 덩이씩 떨어뜨리고, 우리 가족 눈물도 떨어뜨리고 갔다.

3

현관문 열면 바로 내다보이는 솔밭골. 신선들도 탐낼, 산수화 한 폭 그 모습 잊지 않으려 나는 무엇엔가 홀린 양 자꾸자꾸 바라봤다. 마음속에 사진 찍어 담아 두었다. 집으로

오는 길, 고개 들면 바로 보이는 솔밭골. 마음속에 찍어 둔 사진 잃어버리지 않기 위해, 죽는 날까지 가슴 속에 그 모습 간직하기 위해, 나는 고개 숙이고 집으로 걸어간다. 텅 빈 솔밭골 보기 싫어 나는 고개 숙이고 걸어간다.

증조할머니 지켜주던 노송들 모두 사라지고, 한 그루만 외로이 서 있다. 혼자 남은 그는 푸르름을 잃었다. 누렇게 죽어버렸다.

무엇을

신주영 고2

집을 지으려고
집을 부수려 합니다.

꽃밭을 만들려고
꽃들을 뽑으려 합니다.

길을 내려고
길을 없애려 합니다.

제자리에 있는 것을
다시 만들려 합니다.

이제
무엇을 만들려고
무엇을 어떻게 할까요

이 책에 삽화를 그린 학생들

표지그림 경주여고
김윤경, 이경빈

본문그림 천안동중학교
강주미, 박정희, 안유진, 이유정, 이효선, 임은지, 한서연

이 책에 실린 시를 쓴 어린 시인들에게

이 책에 실린 시는 1980년대 중반부터 최근까지의 학생 시를 엄선한 것입니다. 시를 사랑하고 학생들이 시로 행복해지는 날을 꿈꾸며 정열적으로 시 창작 수업을 해 오신 여러 선생님들의 도움으로 수백 편의 학생시를 뽑았고, 그 시들 중에서 현재의 중고생들이 또한 엄선하였습니다. 이런 이유로 이 책에는 '중·고등학생들이 쓰고 뽑은 학생시 123'이라는 부제가 달려 있습니다.

이 책에 실린 시를 쓴 학생들은 아마도 지금은 대학생이 되었거나 어엿한 사회인으로 성장해 있을 것입니다. 또 어떤 이는 시인의 꿈을 이루었을지도 모르는 일입니다. 그 어린 시인들에게 일일이 연락하여 허락을 받아야 했지만, 연락하기 쉽지 않았습니다. 시를 제공해 주신 선생님들도 그동안 학교를 여러 번 옮겼고, 이 책을 엮은 선생님과 출판사에서도 그 작업이 쉽지 않았기 때문입니다.

혹시라도 소문을 듣고 이 책을 구입해서 읽거나 자신의 시가 실렸다는 소식을 듣게 될 어린 학생 시인들은 아래 주소로 연락해 주십시오. 합당한 사례를 하겠습니다.

작은숲출판사

서울시 마포구 합정동 367-9번지 2층
전화 070-4067-8560 **메일** littlef2010@naver.com